Die Verbotene Schriftrolle

Eine verborgene Wahrheit hinter einer schwulen Liebesgeschichte

Robert Joseph Greene

ICON EMPIRE PRESS

Toronto Vancouver New York
London

Robert Joseph Greene

Aus dem Englischen von Julia Wittmann

ISBN 978-1-927124-32-1

Alle Charaktere sind fiktiv und jedwede
Ähnlichkeiten mit echten Personen oder
Ereignissen sind rein zufällig und
unbeabsichtigt.

INHALTSVERZEICHNIS

DANKSAGUNG

Ich möchte:
Bobby Nijjar, Tim Tewsley, Diane Bosman,
Catherine Adamson
für ihre Unterstützung danken

1 EINLEITUNG:

MEINE VERBOTENEN WORTE

Es ist allgemein bekannt, dass es mehr Energie kostet, eine Lüge aufrechtzuerhalten, als die Wahrheit zu sagen. Dieser griechische Text war verboten aufgrund der Wahrheiten, die er enthüllte. Vor 1800 Jahren wagte sich Lukian von Samosata daran, zu beweisen, dass homosexuelle Liebe möglicherweise heterosexueller Liebe gleichkommt (wenn nicht sogar ihr überlegen ist) und seitdem wurde der Text verbannt.

Im Mittelalter suchten Mönche absichtlich ungebildete junge Männer, denen sie beibringen konnten, Bilder in Form von Buchstaben abzuschreiben. Sie durften nicht lesen, was sie sahen, denn es stammte von der verbotenen Schriftrolle.

Im Jahre 1557 erstellte Papst Paul IV. den Index

Librorum Prohibitorum (das „Verzeichnis der verbotenen Bücher"). „Das Verzeichnis der verbotenen Bücher" war eine Liste von Büchern, die Christen weder lesen noch besitzen durften, außer unter besonderer kirchlicher Genehmigung. Doch eine kirchliche Genehmigung wurde nur selten gewährt und diejenigen, die dabei ertappt wurden, wie sie diese verbotenen Bücher lasen oder besaßen, wurden bestraft. Bestrafungen reichten von Exkommunikation bis zur Todesstrafe.

Was Sie gleich lesen werden, ist eine fiktive schwule Liebesgeschichte namens „Die verbotene Schriftrolle". Die Geschichte dreht sich um die Entdeckung des Tatsachenberichts in „Erotes", von Lukian von Samosata verfasst (die ursprüngliche verbotene Schriftrolle). Diese Geschichte wird von der ursprünglichen, unbearbeiteten Übersetzung des Sachtexts von Lukians „Erotes" begleitet, damit Sie selbst entscheiden können, was der Wahrheit entspricht.

Lukian von Samosatas Werke sind im „Verzeichnis der verbotenen Bücher" (Librorum Prohibitorum) enthalten.

"Wenn Zensur mein Schicksal zu sein scheint- dann wird Zensur mein Ziel sein"
-Robert Joseph Greene

Die Verbotene Schriftrolle

2 DIE

VERBOTENE SCHRIFTROLLE

Welche Worte saget ihr?

Neuigkeiten von der Armee hatten sich in ganz Summerset verbreitet und unsere Leute in der Abtei erfuhren zuletzt davon. Unser Bischof wurde herbeigerufen, um Pergament und Feder zu bringen, während wir die Neuigkeiten erwarteten. Bald sollten wir unser Schicksal erfahren.

So wurde es auf dem Pergament niedergeschrieben und anschließend durchstochen, um vervielfältigt zu werden. Es traf eine halbe Stunde später ein. Eine Gruppe von Schreibern hatte sich bei der Ankunft unseres Bischofs gebildet. Vier Schreiber wurden in Eile bestimmt, um Abschriften anzufertigen. Ich gehörte nicht zu ihnen, denn ich – Terryn von Cole, fünfzehn Jahre alt – war zu jung und zu neu, um solchen Worten anvertraut zu werden. Zudem wurden meine Fertigkeiten nur für Übersetzungen in Anspruch genommen, nicht königliche Nachrichten. Latein zu Text – tagein, tagaus. Dies war mein Schicksal.

Nach dem Tod meines Vaters erhielt ich, als zweiter Sohn, eine Schulausbildung, doch sonst nichts außer einer Stelle in der Abtei als Schreiber von Übersetzungen. Mein Bruder, Gott hab' ihn selig, war sein Erbe, doch ist mittlerweile im Gefecht gestorben. Er ist nicht mehr da.

Vater sagte, dass ich zu sanft sei und die Welt eines Schreibers „Faulpelzarbeit" sei. Ich bin anderer Meinung. Die Hand verfällt letzten Endes so wie diese Feder und dieses Pergament. Ich bete, dass meine Sünden vergeben werden, wenn diese Zeit kommt. Wehe mir.

Die Arbeit ist hart und erschöpfend. Michel, der Hauptschreiber, kennt keine Gnade bei Fehlern. Ein Schreiber wurde zwei Tage lang aus der Abtei verbannt – ohne Essen, Trinken oder Obdach – nur wegen dreier Fehler in seiner Arbeit. Ein Bauer hatte Mitleid mit ihm und so lebte er in einer Scheune, bis seine Bestrafung endete.

Doch nun hat sich alles geändert. Unser König wurde besiegt und wir erwarten unser Schicksal.

Meine Augen überflogen flüchtig das durchstochene Pergament, um den Namen unseres neuen Königs zu finden. Wir folgten Bischof Bertram zügig, denn unser Herr schritt eilig und wurde schnellstens gebraucht. Die Menge war außer sich vor Aufregung und ich hatte keine Gelegenheit zu sehen, wann Alwin seine Abschrift begann. Also zog ich einen Hocker heran und schaute über alle hinweg.

Als ich von hoch oben über die Schultern der anderen spähte, entdeckte ich, wonach ich gesucht hatte.

König Cedric.

Ich sah, dass das leere Pergament von den anderen betrachtet und blockiert wurde, so dass nur wenig Platz für die Abschrift übrig blieb.

Die Nachrichten verbreiteten sich im Königreich wie ein Lauffeuer. Ein Gruppe Mönche, größtenteils Schreiber, sollte ins Königreich von Cedric entsendet werden, nördlich von Deira in Durham. Wir standen ihnen zur Auswahl.

In jener Nacht schlief ich schlecht. Ich war froh, dass ich kein Mönch war und somit bleiben durfte, doch welch eine Aufregung es wäre, wenn ich gewählt werden würde. Ich war im Geist und Herzen verwirrt.

Die Glocken weckten uns für das Morgengebet, doch ich war müde aufgrund des Schlafmangels. Ich zog mein Gewand an und begab mich auf den morgendlichen Bittgang. Ich kniete und betete eingereiht zwischen den anderen. Im Gebet sprach ich diese Worte: „Vergib mir, mein Herr, denn ich mache mir immer noch Sorgen. Ich lege mein Schicksal und das Schicksal meiner Brüder in deine Hände, Amen."

Nachdem die Gebete zu Ende waren und wir uns erhoben, um Brot und Wein zu holen, hörten wir, wie sich die Armee dem Innenhof näherte. Wir schwiegen, doch unsere Nerven lagen blank.

Wir verließen die Abtei in Reih und Glied, und wurden einem Ritter und seiner Armee vorgeführt. Wir zeigten unseren neuen Herren unseren Gehorsam und verbeugten uns vor ihnen.

Die Luft war frisch und wir zitterten.

Sir Thomas, ein großer, breitschultriger Krieger und König Cedrics persönlicher Ritter, stieg von seinem wuchtigen, kastanienbraunen Hengst herab und begrüßte unseren Bischof, der vor ihm kniete.

„Erhebe dich und stelle deine Leute vor, Bischof Bertram", befahl der Ritter.

Daraufhin stand unser Bischof auf, führte den Ritter zu uns und nannte ihm unsere Namen und unser Handwerk. „Alwin schreibt ab, aber liest nicht. Doran übersetzt, aber schreibt nicht ab." Mit einer Geste in meiner Richtung erklärte er: „Terryn übersetzt, schreibt ab und liest."

Der Ritter hielt inne und starrte mich an, denn mein Gewand unterschied sich von den anderen.

„Ist er Gelehrter oder Mönch?"

„Er ist Gelehrter, mein Herr, jedoch von nobler Herkunft", antwortete der Bischof.

Mehr wurde nicht gesagt und sie gingen weiter. „Leo schreibt ab und liest. Josef schreibt ab, aber liest nicht." Und so weiter, bis alle vorgestellt worden waren.

Der Ritter und der Bischof gingen wieder zurück, die meisten aus der Reihe zerrend. Ich war einer von ihnen. Ich japste nach Luft und fühlte mich der Ohnmacht nahe.

„Holt eure Sachen, ihr werdet mit uns heimkehren", befahl Sir Thomas.

Es sollte eine zweiwöchige Reise von unserem Kloster bis König Cedrics Schloss in Durham werden.

Am nächsten Tag brachen wir zu unserem neuen Königreich im Norden auf. Wir liefen zu Fuß und trugen all unsere Habe, die problemlos in unseren Decken Platz fand. Nach der Tageswanderung wurden uns Brot und Bier gereicht. Sonntags nahmen wir uns Zeit für Gebete, und erhielten Wein und gekochtes Wurzelgemüse als besondere Mahlzeit.

Dies ging viele Tage so weiter, bis wir unser neues Königreich erreichten. Dort durften wir uns waschen. Anstatt zu einer Abtei wurden wir zu einem Kloster geschickt, das bereits weitere Schreiber beherbergte. Hinter unserem riesigen Saal lag ein noch größeres Schloss, desgleichen ich noch nie zuvor gesehen hatte.

Wir reihten uns ein und knieten mit verschränkten Händen und gebeugten Häuptern. Unsere Gewänder waren vor Schmutz und Schweiß verkrustet, und wir waren erschöpft, wenngleich froh darüber, dass die Reise vorbei war.

Unser neuer Bischof war Bischof William von Durham. Er war ein molliger Mann, der gutherzig zu sein schien. Er ließ uns ruhen, bevor unsere Aufgaben verteilt wurden.

Tage vergingen und der Alltag setzte ein. Wir aßen, arbeiteten, beteten und schliefen im einzigen großen Saal im Kloster. Es gab lange Holztische, und sobald die Teller und Utensilien weggeräumt waren, wurden Pergamente und Federn vorgelegt. Um halb fünf durften wir im Gärten spazieren gehen, bevor der Gottesdienst begann. Danach wurden die Tische leer geräumt und uns wurde befohlen, auf ausgestopften Matten zu schlafen.

Das Schnarchen und die anderen Geräusche waren mir fremd. Die Wächter gingen vorne und draußen auf und ab. Einige schlüpften ohne Ankündigung davon, um sich zu erleichtern oder ihren Durst zu stillen. Als ich versuchte einzuschlafen, vernahmen meine Ohren ein Jammern. Es war so leise, dass ich seinen Ursprung kaum ausmachen konnte. Ich redete mir ein, dass ich sicherlich nicht geschlagen werden würde, wenn ich die Anderen zum Notleidenden führen könnte. Also täuschte ich meinen Schlaf vor, bis die Wächter weit entfernt waren, und dann zog ich mein Gewand an, um aus dem großen Saal in den Innenhof zu treten. Die Patrouille vermeidend, schlüpfte ich ins Schloss.

Der Eingang war dunkel und abschüssig, und keine Menschenseele war zu sehen. Die Wächter schliefen tief und fest in den inneren Zimmern. Das Jammern wurde jedoch lauter, also folgte ich ihm blindlings, ohne mich im Schloss auszukennen.

Ich stieß auf einen riesigen Saal mit hohen Fenstern und einer Statue eines Königs, die am Fuße einer gewaltigen Treppe stand. Zunächst war es dunkel, doch dann verzogen sich die Wolken plötzlich und die Statue eines mächtigen und stolzen Mannes wurde in unheimliches Mondlicht getaucht, so dass ich sie deutlich erkennen konnte; und sie war wunderschön. Die Worte „König Cedric" waren in ihren Sockel gemeißelt.

Ich stieg die gewaltige Treppe hinauf und fand eine weitere zu meiner Rechten. Das plötzliche Verstummen des Lautes ließ mich inne halten. Als er erneut ertönte, ging ich weiter die schmale Treppe hinauf. Hier war der Flur nun mit Öllaternen erleuchtet und ein Wächter schlief, ohne meine Anwesenheit zu bemerken. Die Lampen brannten hell und erleuchteten viele Wandteppiche mit königlichen Kulissen; der Boden wurde durch gewebte Matten gedämpft.

„Das königliche Schlafgemach", dachte ich mir. „Ich werde mit Sicherheit fürs Eindringen geköpft." Doch das Geräusch trieb mich weiter voran.

Ich näherte mich der Tür, hinter welcher das Geräusch zu entspringen schien. Ich dachte mir, dass ich bloß hineinspähen und kein Wort sagen würde. Das Zimmer war warm von der Feuerstelle zu meiner Rechten. Es war ein wuchtiges Zimmer mit einem Bett und einer angezündeten Lampe in der Mitte. Auf dem Bett saß ein äußerst reizender Junge im Nachtgewand.

Ich dachte, er würde mich nicht bemerken. Doch ich lag falsch, denn er hörte auf zu weinen und schaute mich direkt an.

„Wer bist du?", fragte er. „Sprich."

„Ich bin Terryn, Sir", sagte ich, „ein Schreiber. Ich hörte ein Geräusch."

„Ich bin Florian, Prinz dieses Anwesens. Du befindest dich in meinem Gemach", knurrte er äußerst verärgert.

„Es tut mir leid, mein Herr", flüsterte ich, als ich mich verbeugte, um fortzugehen.

„Nein, warte. Ich werde es nicht weitererzählen, komm her."

Ich gehorchte. Wir waren gleichaltrig und gleichgroß. Sein Antlitz war ein wenig verschreckt, doch zierlich. Er bemerkte meinen neugierigen Blick.

Er gestand: „Ich habe Fieber und jetzt auch noch ein Geschwulst. Ich habe endlose Schmerzen."

„Schmerzt es in diesem Augenblick?"

„Ja, willst du es sehen?"

Meine Neugierde war geweckt; ich wollte wissen, was ihn plagte.

Also lehnte er sich nach vorne und hob seine Robe an, um seinen dünnen nackten Körper zu enthüllen. Ich sah nichts außer entzündeter, roter Druckgeschwüre.

„Nein, da ist kein Geschwulst zu sehen, nur Druckgeschwüre", versicherte ich ihm. „Die kann man leicht heilen. Nehmt bloß ein wenig Essig und Minze, und liegt nicht auf euren Wunden." Ich erklärte, dass unser Bischof darunter gelitten hatte und ich während seiner Krankheit sein Kammerjunge gewesen war. In jener Zeit sah ich, wie der Arzt ihm diese Heilmittel gab. Ich fügte hinzu, dass er auch an Zitronen lutschen musste.

„Ich muss gehen", sagte ich. „Nein, bleib."

„Ich werde in Schwierigkeiten geraten."

„Wie kann ich dich finden?", fragte er.

„Ich bin Schreiber im Kloster – Terryn von Cole", sagte ich, als ich entschwand und ohne entdeckt zu werden in mein Bett zurückkehrte.

Unsere Morgengebete dauerten nun lange, denn unser neuer Bischof benutzte Weihrauch und mehr Glocken, als wir aus der Abtei gewohnt waren.

Leere Pergamente und alte Schriftrollen wurden uns vorgelegt und bald war der Raum mit den Geräuschen der Arbeit erfüllt. Ich übersetzte ein Bündel eingerollter antiker Schlachtberichte der Griechen aus Thermopylen ins Englische. König Cedric war von den Heiligen Kriegen zurückgekehrt und seine Armee hatte Tausende von Tafeln und Schriftrollen in Lateinisch, Griechisch und Aramäisch mitgebracht, die übersetzt werden mussten. Es war viel Arbeit nötig, um diese umfangreiche Aufgabe zu bewältigen.

15

Wegen dieser Dinge hatten sie während ihrer letzten Eroberung von Cole die Schlösser und Kirchen geplündert.

Ich war so sehr in meine Arbeit vertieft, dass ich nicht bemerkte, wie es plötzlich still im Raum wurde. Doch als sich meine Nackenhaare aufstellten, spürte ich, dass jemand hinter mir stand.

„Bist du Terryn von Cole?", bellte eine tiefe Stimme im schweigenden Raum.

Ich drehte mich ruckartig um und zu meiner Überraschung stand der König persönlich vor mir. Ich erkannte ihn von der Statue, die am Fuße der gewaltigen Treppe gestanden hatte. Ich fiel vor meinem neuen König auf die Knie.

Sein fester Blick war kaum zu ertragen. Ich wusste, dass ich erledigt war. Mit der Hand auf seinem Schwert, das an seiner Hüfte ruhte, neigte er seinen Kopf und beugte sich vor, um mein Pergament zu sehen.

„Gib es her!"

Ich hob das Pergament auf und überreichte es ihm, während ich immer noch meinen Kopf gebeugt hielt.

Er warf kaum einen Blick darauf, bevor er es einem Mann weiterreichte, der neben ihm stand. „Ist seine Arbeit vortrefflich?"

„Ja, Eure Majestät, das scheint sie zu sein."

„Kann er lesen?"

„Ja, Eure Majestät, er kann lesen."

„Mein Sohn sprach davon, dass du ihm Trost spendetest. Er sagte, dass du gescheite Ratschläge für sein Leiden gabst und nun geht es ihm besser. Doch du wirst hier dringend gebraucht, denn wir haben nur wenige Übersetzer."

Ich sagte nichts und hielt meinen Kopf gesenkt.

„Sag meinem Sohn, dass wir ihn nicht vor dem Abend schicken können", erklärte er. Sich zu mir wendend, fügte er hinzu: „Du wirst zum Sonnenuntergang im Gemach meines Sohnes erscheinen und ihm vorlesen."

In Anerkennung beugte ich mein Haupt tiefer.

Später an jenem Tag kam ein Wächter und geleitete mich zum Gemach des Prinzen. Ich war davon überrascht, seinen Hauslehrer anzutreffen – einen ziemlich jungen Mann, der groß und hager war und nervös zu sein schien.

Der Prinz hatte das Bett verlassen und schritt unruhig auf und ab, während er auf meine Ankunft wartete.

„Ich habe getrocknete Zwetschgen, Brot, Wein und süßes Fleisch für uns", sagte er.

„Was soll ich dir vorlesen?", fragte ich. „Ich habe nichts."

„Oh", erwiderte der Prinz perplex.

„Darf ich vorschlagen, Majestät, dass wir etwas aus der Bibliothek aussuchen?", schaltete sich der Hauslehrer höflich ein.

„Ah, das ist eine exzellente Idee", sagte der Prinz.

Also liefen wir in großer Eile mehrere Korridore bis zu einem großen Zimmer hinunter, das Reihen über Reihen an Büchern beherbergte – so viele, dass ich sie nicht alle zählen konnte. Die Decke war hoch, und es war kalt und feucht.

„Lass uns allein", befahl Florian, sehr zur Überraschung des Hauslehrers. Der Hauslehrer wich ohne sich umzudrehen zurück, verbeugte sich würdevoll, bis er die Tür hinter sich spürte, und ging hinaus.

Ich war froh, dass dies geschah, denn ich hatte darauf gehofft, wieder einen Moment allein mit dem Prinzen zu verbringen.

„Dort drüben steht ein verschlossener Schrank, den ich neulich aufbrechen konnte, doch die Texte sind mir alle unverständlich. Ich kenne diese Schrift nicht. Ich weiß, dass es kein Latein ist, denn das lerne ich jeden Tag mit meinem Hauslehrer. Mir wurde gesagt, dass du Übersetzungen anfertigst. Was hältst du hiervon?"

Zum Schrank schreitend und ihn entriegelnd, zog er eine einzelne Schriftrolle heraus, die in ein verblasstes, rotes Seidentuch gewickelt war. In der Seide befand sich eine Schriftrolle aus dem weichsten Velin und mit der besten Handwerkskunst verfasst. Es war ganz gewiss eine Abschrift. Doch wer hatte sie angefertigt?

„Woher stammt dies?", fragte ich.

Der Prinz erklärte, dass ein besuchender Dominikanermönch aus Löwen mehrere Schriftrollen mit sich führte. Der Bischof verbrannte die meisten von ihnen, als der Mönch krank wurde und plötzlich an Schafshusten verstarb. Diese Schriftrolle befand sich unter seinem Bett, was der Bischof niemals erfuhr.

Wir rollten die Schriftrolle auf dem nächstgelegenen Tisch aus. Staub stieg in die Luft auf.

Die Fassung war griechisch, jedoch von einer besonderen Art, so dass ich sie kaum übersetzen konnte. Es war ein Dialekt, den ich kannte, jedoch selten antraf. Oben stand „ EPϖΦTες" mit den lateinischen Worten „**librum prohibentur**" darunter.

„Was steht dort?", fragte der Prinz. „**Erotes**' verbotene Schriftrolle", antwortete ich.

„Es ist seltsam, diese Worte zu kombinieren – Liebe und verboten – nicht wahr? Lies es mir vor."

Als ich den Text in meinem Kopf übersetzte, entdeckte ich Worte, die äußerst schlimm und gewiss das Werk des Teufels waren, doch meine Augen konnten nicht wegschauen. Ich spürte den Teufel in mir. Ich verlor die Kontrolle.

„Terryn?"

Er unterbrach meine Trance.

„Ich kann den Text nicht mitnehmen, aber ich möchte gerne, dass du ihn vorliest", flehte er.

Ich erzählte ihm von der Art des Textes und warum er verboten war, in Erwartung, dass er wegen seines widerwärtigen Inhalts zurückschrecken und schaudern würde. Doch Florians Augen zeigten Begeisterung und er drängte mich, den Text zu erläutern.

Also tat ich dies und sagte: „Ein griechischer Adliger namens Lykinos gibt ein großartiges Wortgefecht wieder, über das er richtete. Es wurde ausgetragen zwischen Charikles – einem Mann, der nur Frauen liebte – und Kallikratidas – einem Mann, der nur Männer liebte."

Florians Neugierde wuchs. „Was steht dort drin? Wir müssen eine Abschrift anfertigen... doch wie?"

„Die Schreiber hier können nicht lesen, also ruft jemanden bei Nacht in eure Kammer, um abzuschreiben. Doch vergewissert Euch, dass er nicht zu meiner Sippe gehört, denn es gibt Belesene unter uns."

In jener Nacht, nachdem wir uns getrennt hatten, ließ Prinz Florian einen Schreiber kommen, um den Text zu vervielfältigen, und über Nacht wurde die Abschrift fertiggestellt. Der Prinz brachte das Original zurück in die Bibliothek und achtete darauf, den Schrank zu verschließen, nachdem die Schriftrolle zurück an ihrem Platz war.

Den ganzen Tag lang dachte ich an die verbotenen Worte, die meine Augen gesehen hatten, wie mein Leib sich heiß und ungut angefühlt hatte und wie ich meine Gedanken nicht hatte abwenden können. Ich fühlte, wie der Teufel mich gefesselt hatte und ich wollte nicht kämpfen. Ich wollte, dass der Tag ein Ende nahm. Meine sündhafte Neugierde erfüllte mich wie ein Glas, das nach Wein dürstet, nicht Wasser.

So endete der Tag und wir säuberten unseren Bereich für das Gebet und den Schlaf. Ich durfte ohne Wächter zu des Prinzen Privatquartier laufen. Dort vor uns liegend waren die frisch abgeschriebenen Pergamente, die unser Schicksal besiegeln würden.

Abermals hatte Florian eine Reihe von Weinen, Süßigkeiten und Fleisch für uns vorliegen – ein Festmahl, das ich zuletzt vom Gutshof meiner Kindheit kannte, als ich noch mit meiner Familie zusammengelebt hatte. Oh, wie ich die einfachen Freuden des Adelslebens vermisste. Prinz Florian brachte außerdem Winterblumen und verbrannte Salbei fürs Ambiente. Es war eine solch höfliche und unverdiente Geste für mich, seinen bescheidenen Diener. Ich war sprachlos.

„Ich bin wahrhaftig glücklich darüber, dass Ihr mich vor Tod und Langeweile gerettet habt. Ihr seid unbeschreiblich gütig. Ich werde Euch dies eines Tages erwidern", sagte ich begeistert.

Prinz Florian war genauso begeistert wie ich und fragte sich, was der Text offenbaren würde. Also begann ich zu lesen...

" Charikles aber strich sich leise mit der rechten Hand über das Gesicht, machte dann noch eine kleine Pause, worauf er etwa so begann: „Dich, Herrin Aphrodite, ruft mein Gebet zu Hilfe bei der Rede, die ich dir zu Ehren halten will. Ist doch jedes Werk vollendet, wenn du ihm nur einen Tropfen deiner eigenen Überredungskraft beiträufelst, und ganz besonders gilt das von den erotischen Gesprächen, denn du bist ihre wahre, echte Mutter. So komme denn den Weibern als Beistand, die du selbst ein Weib bist, und schenke den Männern, daß sie Männer bleiben wollen, so wie sie geboren sind. Ich nun rufe gleich im Anfange meiner Rede die Stammutter, den Urquell aller Schöpfung zum Zeugen dessen, was ich für wahr erachte [und nachweisen werde], jene heilige Natur aller Dinge meine ich, welche die Urelemente des Weltalls, Erde, Luft, Feuer, Wasser vereinigte, miteinander vermischte und dadurch alles Atmende zum lebendigen Dasein erschuf. Da sie aber wußte, daß wir aus sterblichem Stoffe gemacht sind und daß einem jeden von uns nur eine kurze Lebenszeit zuerteilt ist, richtete sie es weislich so ein, daß das Ende des einen Lebewesens der Anfang eines anderen ist, und glich den Tod durch die Geburt aus, damit durch abwechselnde Nachfolge unser Leben beständige Dauer habe. Da es aber nicht möglich war, daß aus einem Lebewesen sich ein neues zeugte, ersann sie für jede Gattung doppelte Natur, indem sie den Männchen eigene Samenorgane gab, die Weibchen aber gewissermaßen zu Gefäßen der zeugenden Energie schuf. Dadurch, daß sie beiden Geschlechtern in gleicher Weise den verlangenden Trieb einflößte, ließ sie beide sich vereinigen, nicht ohne vorher ein heiliges Naturgesetz aufgestellt zu haben, daß jedes Geschlecht bei der ihm eigentümlichen Natur bliebe, daß weder das weibliche gegen die Natur sich vermännliche, noch auch das männliche sich unziemend verweibische. Daher hat die Vereinigung von Mann und Weib das menschliche Leben bis zum heutigen Tage durch ununterbrochene Neuschaffung erhalten. Kein Mann kann sich rühmen, von einem Manne geboren zu sein. Zwei Namen bleiben in gleicher Weise verehrungswürdig: denn Vater und Mutter ehrt der Mensch in kindlicher Frömmigkeit.

Als ich las und übersetzte, wurden meine Augen feucht und meine Ohren brannten. Die Beschreibungen, die Wörter, waren blasphemisch und seltsam. Sie offenbarten brillante und abscheuliche Handlungen zugleich. Ich konnte meine Aufregung nicht in Grenzen halten und der Prinz konnte dies auch nicht...

Ich fuhr fort:

Nun freilich lassen die Sokratiker ihre wunderliche Meinung hören, durch die das Ohr der Knaben, denen ja die höchste Urteilsfähigkeit noch fehlt, so leicht betört wird (wer aber eine gewisse Verstandesreife erlangt hat, dürfte sich so leicht nicht täuschen lassen): diese Herren phantasieren von einer Art Seelenliebe und behaupten, daß sie die Schönheit des Körpers verschmähen, und nennen sich Liebhaber der schönen Seele. Hierüber muß ich wirklich lachen. Denn wie kommt es, meine hochzuverehrenden Philosophen, daß ihr alle die, die schon durch ein langes Leben eine Probe ihres Charakters abgelegt haben, denen das graue Haar und das gereifte Alter ihre Tugend verbürgt, geringschätzig unbeachtet laßt, und daß eure ganze weisheitsvolle

Liebe sich immer nur die Jugend aussucht, bei der doch noch keineswegs entschieden ist, wie sich ihr Geist entwickeln wird? Oder besteht etwa stillschweigend ein Gesetz, nach dem alles Häßliche auch zur Minderwertigkeit verurteilt ist, andererseits alles, was schön ist, gleichzeitig auch als gut anerkannt werden muß? In der Tat, hören wir den Homer, den großen Verkündiger der Wahrheit:

Mancher erscheint in unansehnlicher Bildung; aber es krönet Gott die Worte mit Schönheit, und alle schaun mit Entzücken auf ihn, er redet sicher und treffend mit anmutiger Scheu, ihn ehrt die ganze Versammlung; und durchgeht er die Stadt, wie ein Himmlischer wird er betrachtet

Und wiederum an einer anderen Stelle sagt er:

Wie wenig gleichen dein Herz und deine Gestalt sich!

Mehr als der schöne Nireus wird natürlich der weise Odysseus gelobt.

Florian bat mich fortzufahren, aber ich war zu schwach. Ich hatte die sündigen Worte vor mir gelesen und übersetzt, doch war von der Logik verwirrt. Ich wusste nicht, ob der verbotene Text mich verflucht hatte, denn er ließ mich an allen Dingen zweifeln, die ich für bekannt und vernünftig hielt.

Zuvor hatte ich geglaubt, dass es nur zwischen Mann und Frau etwas Besonderes gab. Warum sollte dies in Frage gestellt werden? Florian stammelte verärgert, dass ich ihm nicht mitgeteilt hätte, was ich gerade gelesen hatte. Ich gab es Wort für Wort wieder und legte es als Teufelsrede dar. Ich hätte es nicht geglaubt, wenn ich es nicht mit meinen eigenen Augen bezeugt hätte. Florian blieb ungerührt und ließ mich weiter reden. Ich war zutiefst verstört und müde von dem, was ich gerade gelesen hatte. Ich wäre zurück in meine Kammer gegangen, hätte Florian nicht gefordert, dass ich bei ihm liegen solle.

Ich schlief alsbald ein. Irgendwann in der Nacht erwachte ich und konnte Prinz Florian nirgendwo entdecken. Ich schaute mich um und erblickte ihn schließlich auf dem Balkon auf der anderen Seite des Zimmers. Die nächtlichen Wolken erschienen und verschwanden wie in der Nacht zuvor am Fuße der Statue. Das Mondlicht verlieh Prinz Florian einen so wunderschönen Schein, dass ich nicht anders konnte, als zu ihm zu laufen.

Er starrte in den Himmel. Ich blickte ebenfalls hinauf. Die Sterne schienen in ihrer glänzenden Pracht. So standen wir zusammen, in den Nachthimmel starrend.

„Die Sterne bringen uns in den Himmel", sagte Prinz Florian. „Also werde ich einen Stern auswählen, um uns vor unseren Todsünden zu beschützen, lieber Terryn."

Damit nahm er meine Hand und führte sie Richtung

Himmel zu einem Stern, der keiner Gruppe angehörte, sondern allein stand. Der Stern war nicht sonderlich hell, doch trotzdem erkennbar.

„Dies ist unser Stern, mein teurer Terryn von Cole."

Immer noch meine Hand haltend, wandte er sich mir zu und zog mich nah an sich. Die Wärme seines Körpers war sehr angenehm in der kalten Nachtluft. Ein seltsames Gefühl breitete sich in mir aus.

„Küss mich", sagte er in einer sanften, befehlenden Stimme und führte mich zurück in sein Schlafgemach.

In jener Nacht frönten wir der Fleischeslust. Sehnsüchte, um die ich ihn nicht zu bitten wagte, geschweige denn aussprechen konnte, überkamen mich wie die verbotene Frucht vom Baum der Erkenntnis aus dem Garten Eden. Florian platzierte Küsse auf meinem Gesicht, bis ich erregt war. Dann ließ er mich vor Ekstase beben, bis wir beide nach vollständiger Entladung zusammensackten, was ich zuvor nur im Privaten erlebt hatte. Sünde durchfuhr mein Wesen, doch hatte mich zu meiner Überraschung nicht beunruhigt, so dass ich friedlich in Florians Armen einschlafen konnte.

Doch Schuldgefühle schlichen sich ein wie eine schwarze Katze auf Raubzug. Ich erwachte mit starken Schamgefühlen. Mein verachtungswürdiger Körper gehörte mir nicht, sondern dem Teufel. Ich verließ Prinz Florian in seinem Bett schlafend. Noch vor dem Läuten der Gebetsglocken kehrte ich ins Kloster zurück.

Wenn ich für die Sünde, die ich in jener Nacht begangen hatte, nicht auf dem Scheiterhaufen brennen sollte, so würde ich andernfalls gewiss vor Schuldgefühlen verrückt werden. Wegen dieser Schwäche meiner Seele verspürte ich einen tiefen Hass in mir. Mein Fleisch brannte heiß von des Teufels Hand.

Ich lief hinaus in die Eiseskälte, doch spürte keine Erlösung von dem Feuer, das in mir brannte. Obwohl es in Strömen regnete, fühlte ich keine Erleichterung. Von Regen und Schweiß durchnässt, hielt ich inne und kniete gequält im Schlamm. Ich betete um Vergebung. Tränen flossen aus meinen Augen. Ich wusste, dass ich unseren Herrgott enttäuscht hatte, doch ich konnte Prinz Florian keine Schuld zuweisen, denn ich war mir sicher, dass ihn ebenfalls des Teufels Hand berührt hatte. Ich hatte keinen Zweifel, dass der Fluch von der verbotenen Schriftrolle auf uns beide übergegangen war.

Doch dann überkam es mich wie ein Segen. Als ob Gott zu mir im Gebet sprach. „Eine Maid wird meine Rettung sein."

Ich spürte wie mich Gottes Hand führte, als der Regen mich von meiner Sünde reinigte. Die Liebe einer Frau wird mich auf den rechten Weg bringen. Ich dankte Gott für seine Weisheit. Ich hielt es für das beste, Prinz Florian mitzuteilen, was Gott mir gezeigt hatte.

Als ich das Kloster jämmerlich und beschmutzt betrat, schauten mich die Anderen entsetzt an. Durchnässt, erschöpft und müde, ging ich zu meinem Platz für das Morgengebet. Obwohl ich bereits gebetet hatte, wusste ich, dass Gott erwartete, dass ich mich zu seinen Ehren vor dem Bischof und meinen Brüdern bedankte.

Der Tag schwand dahin und ich sehnte mich nach Schlaf, denn in der vorherigen Nacht hatte ich nur wenig erhalten. Ich erfüllte lustlos meine Übersetzungspflichten. Mit der Zeit wichen meine Schuldgefühle erneut der Begierde. Mir hatte man gesagt, dass der Teufel am mächtigsten ist, wenn die Nacht anbricht. Freilich erfüllte ich meine Pflichten in Eile, denn ich sehnte mich danach, mehr von der verbotenen Schriftrolle zu lesen. Meine Gedanken wanderten zu Prinz Florian und wie gutherzig er zu mir gewesen war, doch unsere Sünde war entsetzlich. Wie verwirrt ich doch war von den Worten, die ich gelesen hatte, und den Sünden, denen ich mich mit dem Prinzen hingegeben hatte. Ich war wahrlich verärgert vor Verwirrung und immer noch unberührt von einer weiblichen Hand. Ich wollte mich wieder dem Guten zuwenden und alle Sünde bereinigen, die meine Seele verdorben hatte.

In jener Nacht lief ich zu Florian, bereit ihm meine Seele zu offenbaren und mich von meiner Schuld zu befreien, die so schwer auf mir gelastet hatte. Ich wollte ihm erzählen, dass Gott im Gebet zu mir gesprochen hatte und mir den Weg zu unser beider Erlösung gezeigt hatte.

Doch als ich ihn erblickte, wurde ich schwach vor Begierde. Ich versuchte zu sprechen, doch Prinz Florian bat mich, ihm meine Nachricht später mitzuteilen, denn er wollte mehr von der verbotenen Schriftrolle erfahren.

„Wir befinden uns an einem entscheidenden Punkt, du und ich, und ich möchte mehr hören über das, was wir getan haben – wie in dem Wortgefecht."

Also las ich weiter.

Von diesen allzu eifrigen Bemühungen [der Herren Philosophen um die Jugend] wende ich mich nun, Kallikratidas, zu eurer Erotik und werde beweisen, daß die weibliche Liebe bei weitem den Vorzug vor dem Umgange mit Knaben verdient. Erstlich bin ich nun der Meinung, daß jeder Genuß um so wonniger ist, je länger er anhält; eine flüchtig vorbeiflatternde Lust nämlich ist eher zu Ende, als sie uns so recht noch zum Bewußtsein gekommen ist, während alles, was uns erfreut, gerade

dadurch schöner wird, daß es in die Länge gezogen
werden kann. Drum wäre es zu wünschen, daß uns die
geizige Parze auch eine langfristige Lebenszeit zuerteilt
hätte, und daß das ganze Leben ein fortwährender
Zustand der Gesundheit wäre, ohne daß irgendwelcher
Schmerz an der Seele nagte; dann würden wir wie ein
Fest und ewigen Feiertag das ganze Leben hinbringen.
Da nun aber ein neidisches Geschick uns die höchsten
Lebensgüter versagt hat, so sind von den uns
verbleibenden sicherlich die am köstlichsten, die am
längsten dauern. Das Weib nun ist von der Mädchenzeit
bis zu den mittleren Jahren, bevor noch völlig die ersten
Runzeln des Alters sich einstellen, ein gar liebliches
Ding in den Armen des Mannes, und selbst wenn die
Jugendblüte verschwunden ist, so bleibt ihm

> "die Erfahrung doch, Die klüger weiß zu reden als das
> junge Blutw."

Wer aber einen Jüngling von zwanzig Jahren versuchen
will, der scheint mir selber an Geschmacksverirrung zu
leiden, da er einem höchst zweifelhaften Genüsse
nachjagt. Denn hart sind die männlich gewordenen
massigen Glieder, rauh das einst weiche, vom ersten
Barte sprossende Kinn, und durch die Haare erscheinen
die Schenkel, so schön sie auch geformt sein mögen, wie
schmutzig. Anderes, was sich nicht gleich den Blicken
darstellt, mögt ihr Sachverständigen besser als ich
wissen. Den Weibern aber strahlt immer dieselbe
Lieblichkeit der Hautfarbe, in dichten Ringeln fallen die
Locken des Haupthaares wie Hyazinthenblüten
dunkelnd teils auf den Nacken zum Schmuck des
Rückens, teils neben den Ohren und auf den Schläfen
dichter als der Eppich auf der Wiese; der ganze Körper
aber durch keine Haare entstellt leuchtet strahlender als
Bernstein oder sidonisches Edelglas"

„Lies weiter, wir haben seine Antwort noch nicht gehört", sagte der Prinz.

Also las ich und übersetzte:

Ich war nun der Meinung, unseren Streit im Rahmen des Spieles scherzend zum Austrag zu bringen; da aber Charikles in seiner Rede auch philosophische Gedanken über die Weiber geäußert hat, so habe ich begierig diese Gelegenheit ergriffen. Ist doch einzig und allein die männliche Liebe das gemeinsame Werk der Tugend und der Lust. Nun wünschte ich wohl, wenn anders es im Bereiche der Möglichkeit läge, daß jene Platane, die einst den Sokratischen Gesprächen lauschen durfte und glücklicher war als die Akademie und das Lyzeum, hier in unserer Nähe wüchse, an die sich Phaidros anlehnte, wie der heilige Mann sagte, der in seinen Gesprächen alle Grazien zu bannen wußte. Dann würde diese Platane selbst wie die Eiche von Dodona aus den Zweigen ihre heilige Stimme erheben und die Liebe zu den Knaben preisen, in Erinnerung an den schönen Phaidros. Obwohl dies nun aber unmöglich ist,

"*indem viel Raumes uns sondert, Waldbeschattete Berg'
und des Meers weitrauschende Wogen*"

obwohl wir als Fremdlinge in fremdem Lande weilen und schon Knidos selbst für Charikles einen Vorteil bedeutet, so dürfen wir dennoch nicht in Unlust ermatten und die Wahrheit verraten.

... Die Ehe nämlich wurde erfunden, um die notwendige Erneuerung zu ermöglichen, aber nur die männliche

Liebe ist das schöne Gebot einer philosophischen Seele. Alles das aber, was man ohne den Zwang der Not um der Schönheit willen ausübt, ist weit ehrenvoller, als was man um des augenblicklichen Nutzens willen tut, und allüberall steht das Schöne höher als das Praktische, Notwendige. Solange nun die Menschen noch unwissend waren und zu täglichen Versuchen, nach Höherem zu trachten, noch keine Zeit hatten, waren sie damit zufrieden, sich auf das unmittelbar Nötige zu beschränken, und der Bedarf des Augenblicks verbot ihnen die Erfindung verfeinerten Lebensgenusses.

... Du darfst demnach, mein Charikles, nicht deine frivolen Geschichtchen aus dem Hetärenleben mit nacktem Worte gegen die keusche Reinheit meiner Sache triumphierend ausspielen und den himmlischen Eros mit jenem törichten Knaben verwechseln. Bedenke vielmehr, indem du noch auf deine alten Tage umlernst, dennoch bedenke also jetzt wenigstens, da du es nicht früher tatest, daß sich zwei Götter in Eros vereinigen, die nicht auf denselben Wegen wandeln und nicht mit demselben Odem unsere Seelen erregen. Vielmehr ist der eine, wie ich glaube, ganz kindlicher Art, dessen Sinn sich durch keinen Zügel der Vernunft lenken läßt, und setzt sich meistens in den Seelen der Unvernünftigen fest; seine Aufgabe ist es, zumal die weibliche Liebe zu erwecken. Er ist der Genosse jener nur einen Tag währenden Schmach, der mit wahllosem Triebe auf das jeweilig Begehrte hinführt. Der andere Eros aber, der Vater der Ogygischen Zeiten, verehrungswürdig anzuschauen und allenthalben ein heiliger Anblick, der Beschützer vernunftgepaarter Leidenschaften, haucht milde Triebe jedem einzelnen in die Seele. Wenn uns dieses Gottes Gnade zuteil wird, so erfreuen wir uns an Wonne und Tugend zugleich. Doppelt ist nämlich in Wahrheit, wie der Tragiker sagt,

der Geist, den der Eros atmet, und derselbe Name
bezeichnet [ganz] verschiedenartige Affekte. Ist doch
auch die Aidos des Nutzens zugleich und des Schadens
doppelsinnige Gottheit:

Aidos, welche den Mann teils schädigt aber auch fördert.
Auch der Eris Geschlecht nicht eins nur gibt es auf
Erden, Nein ein zweifaches lebt, das eine möchte man
loben, Tadel das andre verdient; verschieden sind sie
geartet.

... Wenn einer die Weiber vom nächtlichen Lager am
Morgen aufstehen sähe, so wird er sie für häßlicher
halten als die Affen, die man in früher Morgenstunde,
um Unglück zu vermeiden, nicht einmal erwähnen
möchte. Daher halten sie sich auch ängstlich im Hause
verborgen und lassen sich von keinem Manne erblicken.
Dann treten die alten Kammerfrauen und die Scharen
der ebenso unschönen Zofen im Kreise um sie herum
und bearbeiten ihnen das häßliche Gesicht mit
unzähligen Schminken. Denn weit entfernt, sich mit
dem reinen Quell frischen Wassers die Verschlafenheit
wegzuwaschen und dann sogleich an eine vernünftige
Arbeit zu gehen, suchen sie mit einer Unzahl der
verschiedensten Schminken die unschöne Farbe ihres
Gesichtes zu verbessern, und, wie wenn es zu einem
feierlichen Festzuge ginge, müssen die Zofen die
mannigfaltigsten Schönheitsmittel anwenden, gar nicht
zu reden von den unzähligen silbernen Wannen und
Kannen, den Fläschchen und Spiegeln und Büchschen,
wie sie in solcher Menge, keine Apotheke hat, den
unzähligen Schachteln gefüllt mit Lug und Trug, in
denen Mittel, um die Zähne zu polieren und die
Augenbrauen und Wimpern künstlich zu schwärzen,

aufgestapelt sind.

... Wer sollte solch einen Jungen? nicht liebgewinnen? Dem müßte Blindheit die Augen getrübt und Stumpfheit den klaren Verstand geschwächt haben! Sonst müßte ihn Liebe erfüllen zu solchem Knaben, der auf dem Turnplatz ein Hermes ist, ein Apollo beim Saitenspiel, ein Kastor auf dem Pferde, kurz in seinem sterblichen Körper alle Vorzüge der Götter vereinigt. Mir aber, ihr [hohen] Götter des Himmels, vergönnt mein ganzes Leben lang gegenüber dem Geliebten sitzen zu dürfen, stets ihm nahe die süße Stimme zu hören, ihn auf allen Wegen zu begleiten und an all seinem Wesen Anteil zu haben. Und dies ist der Wunsch, den der Liebende hegt, daß der Geliebte ohne Anstoß und mit sicherem Fuß die Lebensbahn von Kummer frei bis zum Alter wandle, ohne irgendwelches Leid eines neidischen, mißgünstigen Geschickes zu erfahren. Wenn aber, wie das nun einmal das Gesetz der menschlichen Natur ist, doch eine Krankheit den Geliebten befallen sollte, so will ich teilnehmend an seinem Schmerzenslager sitzen; muß er eine Seefahrt antreten, will ich in allen Stürmen des Meercs ihm zur Seite aushalten; wenn Tyrannengewalt ihn in Fesseln schlägt, soll mich dieselbe Kette umschließen. Jeder Feind, der ihn haßt, wird auch mein Feind sein, und ich werde die lieben, die ihm wohlwollen. Wenn ich sehe, daß Räuber oder Feinde* gegen ihn anstürmen, werde ich mit Waffen selbst gegen eine Übermacht ihn schützen und wenn er stirbt, werde auch ich das Leben nicht mehr ertraffcn. Das aber wird meine letzte Bitte sein an die, die ich nach jenem am meisten liebe, daß sie uns beiden ein gemeinsames Grab aufschütten und uns aneinander betten, so daß selbst der stumme Staub unserer Gebeine im Tode vereint bleibe.

Dort stoppte ich, denn es hatten sich wieder Schuldgefühle eingeschlichen. Ich schüttete ihm mein schweres Herz aus und vertraute ihm meine traurige Last an. Ich erzählte ihm von Gottes Weg für Rechtschaffenheit und Erlösung. Prinz Florian wurde still und düster, denn er war anderer Meinung. Sein Herz wollte bei mir sein wie ein Mann bei einer Frau. Falls er einige Goldmünzen übrig hatte, erzählte ich ihm, würde ich uns Maiden finden, um uns aus des Teufels Griff zu befreien.

„Diesen Weg wirst du allein gehen müssen, Terryn. Hol dir eine Milchmaid, nimm ein bisschen Gold und zeig es ihr." Mit Tränen in den Augen griff der Prinz in seine Truhe und überreichte mir Goldmünzen.

„Erfahre ihre Liebe, wozu immer dies auch gut sein mag. Ich werde hier liegen und weinen, denn nun weiß ich, dass ich niemanden außer dich brauche, mein Terryn von Cole."

Ich war außer mir vor Traurigkeit, als ich des Prinzen Gemach verließ. „Ich bin so niederträchtig", dachte ich mir. Doch ich war mir sicher, dass Gott mich auf den rechten Weg führte. Ich hörte noch immer sein Weinen, während ich im Saal lag und keinen Schlaf fand. Welch ein erbärmlicher Mann ich doch war.

Am folgenden Tag begab ich mich auf die Suche. Die

Wächter kannten alle Dirnen gut, also bat ich sie um Auskunft. Mir wurde geraten zum Wirtshaus „Hogarth's" zu reisen, um eine willige Junggesellin zu finden. Nach einer einstündigen Wanderung erreichte ich mein Ziel und fand einen entsetzlichen Ort vor, mit den Gerüchen und Lauten unerhörter Sünden. Glücksspiel war im Gange und hinten befand sich ein Bordell. Ich hatte von diesem Ort gehört, doch sein Anblick und Gestank waren mir neu.

Der Gastwirt dachte über mein Anliegen nach und zeigte schließlich zu einer pummeligen Dirne namens Rose, die zwischen lachenden, Bier trinkenden Männern saß.

„Ich suche Trost", sagte ich, als ich mich ihr näherte.

„Ah, ein Mönch, Mädel oder Junggeselle?", fragte sie, während ihre Freunde mich auslachten. „Junggeselle mit einer Belohnung", antwortete ich, das Gold zeigend.

Es wurde urplötzlich still, als sie bewundernd die Münzen anstarrten. Ich hielt ihr die Münzen vor Augen, jedoch nicht lange genug, dass sie diese hätte zählen können.

Sie lächelte und gab mir ein Zeichen, ihr nach hinten zu folgen, wo zerklüftete Stoffvorhänge von Stricken gehalten hingen, um eine Reihe von Alkoven zu verdecken.

Ich hörte Stöhnen und roch überall Schmutz, Sünde und Sex.

Sie zog einen Vorhang beiseite, um einen schlichten Bereich zu enthüllen, der mit dreckigen Matten ausgestattet war, die auf Stroh lagen, um Komfort zu bieten.

Sie führte mich ins Innere und schloss den Vorhang hinter sich. Dann deutete sie mir an, mich hinzulegen, während sie neben mir kniete. Ihre rundlichen Hände streichelten mein Glied, bis es hart war. Anschließend zog sie mich feste zu sich.

Sie machte es sich neben mir bequem und hob ihr Kleid an, ihren prallen Busen und Bauch enthüllend. Dann zog sie mich auf sich.

Mein erster Versuch war zu hoch und wurde von einem leisen Aufschrei ihrerseits erwidert. Also nahm sie mein Glied und führte es mit ihrer Hand in sich ein. Ihr Inneres war warm und fühlte sich gut an, dachte ich, als ich bis zum Erguss in sie eindrang. In nur wenigen Minuten war es vorbei.

Doch ich fand keine Erlösung und die Schuldgefühle verweilten in mir, nun sogar zweimal so stark. In ihrem Gesicht war keine Freude zu erkennen, als sie die Zahlung entgegennahm. Sie verlangte weniger als

den Betrag, den ich bei mir hatte. Ich zahlte ihr die
Summe mit den Münzen, die mir mein süßer Prinz
gegeben hatte. Schuldgefühle überkamen mich,
sowohl wegen meines Handelns als auch wegen
Florian, der keinen Beweis brauchte. Ich war ein Narr.

Mein Herz gehörte Florian, nicht dem Teufel.

In jener Nacht kehrte ich zu ihm zurück, um mich zu
entschuldigen. Als ich eintraf, erwartete mich ein
Geschenk in Form feingewebter Kleider mit kräftigen
Farben auf seinem Bett. Sie waren so schön, dass ich
sie sogleich anzog. Mir wurde vergeben und Liebe
vereinte uns erneut.

„Wir müssen das Ende der Geschichte herausfinden.
Ich bin mir sicher, dass unsere Liebe gewinnt", sagte
der Prinz. Also lächelte ich, las und übersetzte wieder
aus dem Pergament:

**... So aber liegen die Dinge: Wenn nämlich die echte
Liebe von der Knabenzeit an genährt bis zu dem bereits
denkfähigen Alter sich vervollkommnet hat
[herangereift ist], gibt der, welcher bis dahin der
Geliebte war, seinerseits die Liebe wieder, so daß es
schwer zu unterscheiden ist, wer von beiden der
Liebhaber, wer der Geliebte ist, indem wie bei einem
Spiegel von der Zärtlichkeit des Liebenden ein ähnliches
Bild auf den Geliebten strahlt. Was schmähst du also
wie einen fremdartigen Makel meines Lebens das, was
durch göttliche Gesetze begründet in ununterbrochener
Folge [von Urbeginn] bis zum heutigen Tag sich
lebenskräftig erwiesen hat Mit Wonne haben wir es**

überkommen und hüten reinen Herzens das heilige
Mysterium dieser Liebe. Denn glückselig in der Tat ist,
wie der weise Dichter sagt, der Mann, dem ~

> *"Liebliche Knaben das Herz erfreun und mutige Rosse;*
> *Köstlich das Leben ihm blüht und leichter wird ihm das*
> *Alter, Wen ein Knabe mit Liebe beglückt..."*

so wurde denn auch die Liebestheorie des Sokrates und
seine glänzende Maxime der Tugend durch den
Delphischen Dreifuß geehrt, denn es war ein Spruch der
Wahrheit, wenn der Pythische Gott verkündete

> *"von allen Menschen Sokrates der Weiseste,"*

der wie alle anderen geistigen Errungenschaften, durch
die er das Leben veredelte, so auch als die
allerwertvollste die Knabenliebe sich zu eigen gemacht
hatte

Man muß aber die Jungen lieben, wie Alkibiades von
Sokrates geliebt wurde, der in demselben Bette mit ihm,
doch wie ein Vater ruhig schlummerte. Ich aber möchte
am Ende meiner Rede noch gern das Wort des
KallimachosSla allen wie einen Heroldsspruch zurufen:

> *"Die ihr die Knaben ttmbuHt mit lustbegehrlichen Augen,*
> *Fraget bei Erchios an, wie einen Knaben man liebt: Liebt*
> *ihr die Jünglinge so, dann werden sie wackere Männer."*

Danach also richtet euch, ihr Jünglinge; nahet euch in
weiser Selbstbeherrschung edlen Knaben, mißbraucht
aber nicht um kurzer Wollust willen die lange
Zuneigung bis zum reifen Alter mit dem Vorwande der
Liebe [eure Leidenschaft] beschönigend; nein, betet zu
jenem himmlischen Eros und bewahret von der

Knabenzeit bis zum späten Alter rein und beständig eure Liebe! Denn wer so liebt, dem fließt die Zeit des Lebens wonnig dahin, und von keinem Bewußtsein unedler Tat getrübt und hochgefeiert lebt nach seinem Tode noch sein Ruf bei allen Menschen. Und wenn es wahr ist, was die Philosophen sagen, wartet nach dem Erdenleben die Seligkeit des Äthers auf die, die solchem Ideale nachstrebten, und nach ihrem Eingang in ein besseres Leben krönt sie als Preis der Tugend die Unsterblichkeit.

„Das war es also. Wir haben gewonnen. Im Namen der Tugend, unsere Liebe ist rein."

„Ja", sagte ich, Florian in meine Arme nehmend.

Ich brachte die verbotene Schriftrolle an sein Bett und flüsterte das Ende in sein Ohr.

Solches verkündete Kallikratidas mit jugendlichem Feuer und ernster Beredsamkeit. Charikles wollte zwar von neuem darauf sprechen, doch ich ließ es nicht zu, denn inzwischen war es Zeit geworden, zum Schiffe zu gehen. Auf ihre Bitte jedoch, nun meine Meinung zu äußern, sagte ich, nachdem ich eine kleine Weile beide Reden im Geiste gegeneinander abgewogen hatte: „Nicht aus dem Stegreif, ihr Freunde, und oberflächlich ohne gründliche Überlegung habt ihr, wie mir scheint, gesprochen, sondern eure Worte sind der sichtbare Beweis langandauernder und tiefgründiger Erwägungen, denn kaum dürftet ihr etwas von dem, was [bei dem vorlie- genden Problem] in Frage kommen kann, dem andern zu sagen übriggelassen haben. Groß ist die Sachkenntnis, mit der ihr sprachet, größer die Beredsamkeit eurer Worte, so daß ich nur wünschen möchte, wenn anders das im Bereiche der Möglichkeit läge, ich wäre jener Theramenes Kothornos, um euch beiden den gleichen Sieger- kranz reichen zu können. Indessen, da ihr nicht den Ein- druck macht, als ob einer dem andern nachgeben wolle, ich selber aber nicht geneigt bin, während der Seefahrt mit demselben Gegenstande mich nochmals zu befassen, so will ich das, was mir im Augenblick am passendsten zu sein scheint, sagen.

Die Ehe ist für die Menschen eine lebenerhaltende Notwendigkeit und ein köstlich Ding, wenn sie glücklich ist; die Knabenliebe aber, soweit sie um die heiligen Rechte der Zuneigung wirbt, ist meiner Meinung nach eine Frucht der Lebensweisheit. Deshalb soll die Ehe für alle sein, die Knabenliebe aber bleibe allein das Vorrecht der Weisen, denn eine vollendete Tugend ist bei den Weibern schlechterdings undenkbar. Du aber, mein Charikles, sei nicht böse, wenn Athen und nicht Korinth die Palme gebührt."

Nachdem ich so aus Bescheidenheit mit nur wenigen Worten mein Urteil abgegeben hatte, erhob ich mich, denn Charikles sah so überaus niedergeschlagen aus, fast als wäre das Todesurteil über ihn gesprochen. Der Athener hingegen sprang fröhlich strahlenden Antlitzes empor und schritt stolz fürbaß, man hätte meinen können, er habe [eben] die Perser bei Salamis in der Seeschlacht besiegt. Den Vorteil hatte ich noch von meinem Urteilsspruche, daß er, um seinen Sieg zu feiern, uns noch weit glänzender als sonst bewirtete; war er doch auch sonst in seiner Lebensführung vornehm und großzügig. Mit freundlichem Zuspruch suchte ich den Charikles zu trösten, indem ich ihm über die Beredsamkeit seiner Worte meine rückhaltlose

Anerkennung aussprach und ihn versicherte, daß er die, schwächere Sache mit großer Geschicklichkeit geführt habe"

In jener Nacht liebten wir uns zärtlich. Es war ein großartiger Moment der Wahrheit. Wir schliefen wahrlich zu einer Einheit verbunden ein.

Im Morgengrauen wurde ich von einem Schwall kalten Wasser geweckt, der meinen nackten Körper wach rüttelte. Vor mir standen drei Wächter und der Bischof, das verbotene Pergament in den Händen haltend. Prinz Florian und ich lagen vor Angst gelähmt im Bett.

Wir hörten Schritte hinter uns. Mein Herz pochte, als ich mich erschrocken im Bett aufsetzte. „Was in Teufels Namen geht hier vor?", wollte eine brüllende Stimme wissen. Es war der König. Ich blickte zum Prinzen neben mir, der hastig nach seiner Kleidung neben dem Bett suchte. Plötzlich war der Raum mit vielen Leuten gefüllt. Es herrschte großes Chaos, als ich den König brüllen hörte: „Bringt ihn fort! Ich muss mir meinen Sohn vornehmen." Bevor ich verarbeiten konnte, was geschah, wurde ich auf meine Beine gezogen und von zwei Wächtern nach draußen begleitet.

Angst erfüllte mich. Was würde geschehen? Was sollte aus mir werden? Und vor allem, was würde meinem Prinzen zustoßen?

Ich wurde über eine Hintertreppe, die mir unbekannt war, nach oben gebracht. Grobe Hände zerrten mich in alle Richtungen. Ich wollte schreien und kämpfen, doch ich wusste, dass ich keine Chance hatte, mich zu befreien. Ich flehte Gott an, mit mir Erbarmen zu haben. Eine Tür wurde vor mir geöffnet und die Hände stießen mich in die Mitte des Raums. Dunkelheit umgab mich, als die Tür zugeworfen wurde. Nur ein dünner Lichtstrahl schien durch das einzige kleine Fenster hoch oben. Der Raum war widerlich und stank unerträglich. Ich war im Turm eingesperrt.

Die Zeit zog sich hin. Einsamkeit schlich sich ein und Tage erschienen mir wie Wochen, Wochen wie Monate. Schon bald verlor ich das Zeitgefühl und wusste nicht, wie lange ich dort bereits eingesperrt gewesen war. Meine Haare waren lang gewachsen. Mein eigener Körper war äußerst übelriechend. Ich benutzte ein wenig meines Trinkwassers, um mich zu waschen, aber nicht allzu viel. Mit den wenigen übrig gebliebenen Goldmünzen, die mir der Prinz gegeben hatte, konnte ich den Wächter bestechen, mir frisches Stroh zu bringen. Der Wächter erlaubte mir, gelegentlich das alte Stroh zu entsorgen.

Was mich nachts bei Verstand hielt – mein einziger Trost – war ein Blick hinauf zum Sternenhimmel, auf der Suche nach dem Stern, den mein Prinz für uns auserkoren hatte. Dann betete ich zum Stern, dass der Herr meinen Prinzen beschütze, in der Hoffnung, dass meine Gedanken ihn auf irgendeine Art erreichten. Es war mir nun gleichgültig, was aus mir geschah, und ich hätte zu gern die Bestrafung für uns beide auf mich genommen.

Eines Nachts – vermutlich im dritten Monat meiner Gefangenschaft – kniete ich auf dem Boden und blickte zum Fenster hinauf, Gott um Erlösung bittend. Der Raum war dunkel und kühl, denn es war Neumond, so dass nur wenig Licht in mein Verlies fiel. Ich stellte mir meinen Prinzen vor: sein Haar zerzaust und seine dunkelbraunen Augen leuchtend, das Gefühl seiner weichen Haut auf der meinen. Ich konnte beinahe seinen Atem in meinem Gesicht spüren und das Knarren der Tür hören, als er mich in Empfang nahm. Ich erkannte schnell, dass ich noch bei gesundem Verstand war und das Knarren real war. Ich erwachte aus meinem traumähnlichen Zustand und setzte mich alarmiert auf. Die Tür schien eine Ewigkeit zu brauchen, bis sie sich öffnete. Licht von einer Fackel im Flur strahle herein. Ich dachte: „Welche neue Hölle könnte Gott für mich vorgesehen haben? War dies mein Ende?"

Eine dunkle Gestalt betrat verstohlen den Raum. „Sei still", flüsterte eine leise Stimme. „Folge mir, schnell." Diese Stimme. Ich kannte diese Stimme. Ich wurde von Unglaube erfüllt und damit spürte ich den ersten

Hoffnungsschimmer seit meiner Gefangenschaft. Ich trat einen Schritt nach vorn und wagte es, des Mannes Haube abzustreifen. Ich zog sie vorsichtig zurück und enthüllte das Gesicht meines Geliebten. Doch was ich sah, erschrak mich. Sein ganzes Gesicht war geschwollen und blau, als ob er unbarmherzig verprügelt worden wäre.

„Mein Herr!", rief ich aus. Ich fiel auf die Knie und weinte vor Freude.

„Reiß dich zusammen", sagte er. „Ja, mein Terryn von Cole. Du träumst nicht, aber wir müssen uns beeilen. Wir haben nur wenige Minuten, bevor die Wächter zurückkehren. Schnell, folge mir."

Damit brachen wir auf und schlichen die Treppe hinunter und durch den Innenhof, wo uns hinter einem der Außengebäude ein Pferd erwartete. Als uns das Pferd unserer Freiheit näher brachte, blickte ich zurück auf den Ort, wo ich sowohl Liebe als auch Schrecken erfahren hatte: zum Turm, zum großen Saal und zum Schloss, das nun keinen Prinzen mehr beherbergte.

Ich drehte mich zu meinem Prinzen und schlang meine Arme um seine Brust, seinen Herzschlag unter der Tunika spürend. Er fühlte sich warm an, obgleich die Nacht frisch war. Dann schaute ich instinktiv zum

Nachthimmel auf und bemerkte einen kleinen funkelnden Stern, der sich in jener Richtung befand, der wir in der sonst schwarzen Nacht folgten. Mich festhaltend, starrte ich weiterhin hinauf und fragte mich: Wenn wir diesem großartigen Stern folgten, würde er uns zu unserer Freiheit führen?

Ende

3 Notenschrift: Erotes
(Lukian von Samosata)

Lukian von Samosata

EROTES

(Übersetzung von Paul Brandt 1920)

1. Lykinos. Mit erotischen Scherzen hast du, mein lieber Theomnestos, meine armen Ohren, die vom Anhören der vielen wissenschaftlichen Gespräche schon ganz ermüdet waren, seit dem frühen Morgen erfreut, und meinem förmlichen Hunger nach solcher Kost war der Fluß deiner anmutigen und neckischen Erzählungen höchst willkommen. Der Geist ist zu schwach, immer nur ernste Meditationen zu pflegen, und hat das Bedürfnis, nach ehrgeiziger Arbeit, lastender Sorgen ledig, sich durch angenehme Zerstreuungen zu erholen. Daher war mir heut früh der süß einschmeichelnde Zauber deiner wollüstigen Geschichten ein wahres Labsal, so daß ich mir beinahe wie Aristeides vorkam, der sich von den Milesischen Märchen berauschen ließ[97]. Das einzige, was mich verdrießt — ich nehme zu Zeugen deine Liebesgötter, deren

Pfeilen dein Herz von je ein ergiebiges Ziel darbot — ist, daß du schon am Ende deiner Erzählungen bist; deshalb rufe ich, falls mein Wunsch dir nichtig erscheinen sollte, Aphrodite selbst zur Unterstützung meiner Bitte, du möchtest doch nicht im Herzen damit zurückhalten, falls ein Jüngling oder gar ein Mädchen dir die Sehnsucht erregt. Zudem feiern wir ja heute das Opferfest der Herakleien[98]; du weißt aber recht gut, wie eifrig dieser Gott im Dienste der Aphrodite war. Er wird also gern die Spende unseres Gespräches entgegennehmen.

2. Theomnestos. Eher würdest du, mein lieber Lykinos, die Meereswogen oder die Flocken im winterlichen Schneegestöber zählen können als meine Liebesabenteuer. Ich glaube bestimmt, daß die Eroten ihren ganzen Köcher an mir leergeschossen haben, und wenn sie jetzt auf ein anderes Ziel zufliegen wollen, wird man sie auslachen, da sie keine Pfeile mehr haben. Seit ich die Kinderschuhe auszog und in die Stammrolle der Epheben eingeschrieben wurde[99], nasche ich von allen Blumen auf der unendlichen Weide der Leidenschaften; ein Liebesabenteuer löst das andere ab, und bevor noch das eine aufgehört hat, fängt schon ein neues an. Was ist

dagegen das Gewimmel der Köpfe der
Lernäischen Hydra, die doppelt nachwuchsen,
wenn Herakles einen abgehauen hatte; und dabei
habe ich keinen Iolaos, der mir helfen könnte,
denn Feuer kann man nicht mit Feuer löschen[100].
Solch wonniger Reiz dringt mir durch die Augen
in die Seele, die jegliche Schönheit gierig
einschlürft und doch keinerlei Übersättigung noch
Befriedigung kennt. Immer wieder frage ich mich
vergeblich, warum Aphrodite gerade mich so
grausam verfolgt; weder bin ich ein Nachkomme
des Helios[101], noch habe ich wie die Frauen von
Lemnos[102] gegen Aphrodite gefrevelt, noch kann
man aus meinen Augen die läppische Sprödigkeit
eines Hippolytos[103] herauslesen, daß die Göttin so
andauernd mir zu zürnen hätte.

3. Lykinos. Laß doch diese unangebrachte
Verstellung und Heuchelei, mein guter
Theomnestos! Bist du wirklich darüber
ungehalten, daß dich das Schicksal für ein
solches Leben bestimmt hat, und kommt es dir
wirklich so schlimm vor, mit reisenden Weibern
und Knaben in der Blüte ihrer Schönheit zu
verkehren? Fast möchte ich dir ein Sühneopfer
empfehlen gegen solche Stimmungen, denn sie

sind wie eine böse Krankheit. Anstatt solch lange
Litanei loszulassen, solltest du dich vielmehr
glücklich schätzen, daß ein gütiger Gott dich nicht
zu dem mühevollen Leben eines Bauern verurteilt
hat oder zu den endlosen Irrfahrten eines
Schiffsherrn oder gar zu dem waffenbeladenen
Frondienst eines Kriegsknechtes! Nichts von
alledem! Du darfst den größten Teil des Tages in
den ölschimmernden Turnhallen verweilen[104],
darfst kostbare Gewänder tragen, die dich von
Kopf bis Fuß in ausgesuchte Üppigkeit kleiden,
und darfst dein Haar mit raffinierter Sorgfalt
pflegen. Zudem werden selbst die Qualen der
Liebe zur Wonne, und süß ist das Gift des
Verlangens! Führt doch die Bekanntschaft zur
Hoffnung, und als Ziel der Wünsche lockt der
Genuß; daher ist die gegenwärtige und die
zukünftige Stunde gleich köstlich. Als du nun
neulich ähnlich dem Hesiodos[105] einen langen
Katalog deiner sämtlichen Geliebten aufstelltest,
da verrieten die strahlenden Blitze deiner Augen,
die in schmelzendem Blick feucht schimmerten,
die Stimme, die in wollüstiger Erregung wie bei
der Tochter des Lykambes[106] erbebte, und die
ganze Haltung des von Lust durchzitterten
Körpers deutlich, daß nicht nur jene Geliebten
selbst, sondern auch die Erinnerung an sie dir

nicht geringes Vergnügen bereiteten. Wenn dir daher von deiner Rundreise im Reiche der Aphrodite noch Andenken geblieben sind, so halte damit nicht hinter dem

Berge zurück, sondern sprich und mache dadurch das Heraklesopfer erst vollständig.

4. Theomnestos. Herakles wird wohl, mein lieber Lykinos, an der Spende eines tüchtigen Rinderbratens[107]mehr Freude haben, und rauchlose Opfer sind nicht nach seinem Geschmack. Da wir aber des Gottes jährliches Fest durch unser Gespräch ehren, so werden meine Erzählungen, die ich dir seit frühem Morgen vorsetze, dich anfangen zu langweilen; daher mag deine Muse den Ernst deiner gewohnten Studien auf kurze Zeit verabschieden und als fröhliche Gesellschafterin diesen Tag mit dem Gotte verleben; mir aber sollst du das Problem entscheiden, wer nach deiner Meinung den Vorzug verdient, der, welcher Knaben liebt, oder wer sich mit Weibern begnügt. Dein Urteil wird völlig gerecht ausfallen, da du ja, wie ich weiß [als Philosoph] *, keiner der beiden Neigungen huldigst. Ich hingegen, der ich von dem Stachel beider Leidenschaften getroffen

werde, schwanke, ohne mich entscheiden zu
können, hin und her wie eine feinempfindliche
Wage, bei der bald die eine, bald die andere
Schale steigt oder sich senkt: du stehst
außerhalb der Leidenschaften und wirst daher mit
dem unbestechlichen Schiedssprüche deines
Verstandes die rechte Wahl treffen. Ohne dich
also zu zieren und zu genieren, mein Teuerster,
laß mich nun hören, was dein Scharfsinn über
das von mir aufgestellte erotische Problem für
eine Entscheidung fällt.

5. Lykinos. Du scheinst, mein Theomnestos, dir
von der Erörterung dieser Frage Belustigung und
Spaß zu   *In Klammern [] Eingeschlossenes*
sind Zusätze des Übersetzers.

versprechen: ganz im Gegenteil handelt es sich
um etwas höchst Ernsthaftes. Denn seitdem Ich
kürzlich das Gespräch zweier Herren mit anhörte,
die sich über dieses Thema sehr eifrig stritten,
habe ich mich mit dieser Frage, die mir höchst
wichtig vorkommt, beschäftigt. Die Unterhaltung
der beiden hat sich unverrückbar in meinem
Gedächtnis eingeprägt. Jeder verteidigte aber mit
seinen Worten nur die eine der beiden
Neigungen, während du dank deiner glücklichen
Seelenmischung an jenen schlaflosen Hirten

erinnerst, von dem es bei Homer[108] heißt, daß er
doppelten Lohn verdienen könnte, Rinder hütend
sowohl als weidend glänzende Schafe. Von den
beiden genannten Herren hatte der eine an
Knaben eine unbeschreibliche Freude, und die
weibliche Liebe erschien ihm nicht besser als
Hinrichtung[109], während der andere von dem
männlichen Eros sich fernhielt und nur von den
Weibern sich fesseln ließ. So lagen nun beide
Leidenschaften miteinander im Kampf, mir aber
bereitete es ein unbeschreibliches Vergnügen,
den Wettstreit zu schlichten. Die einzelnen
Phasen dieses Redeturniers haben sich meinem
Gedächtnis fest eingeprägt, schier als wenn ich
alles erst jüngst gehört hätte. Ohne mich nun
lange dabei aufzuhalten, wie es zu jenem Dispute
kam, will ich dir lieber genau erzählen, was jeder
von beiden vorzubringen wußte. Theomnestos.
Laß mich erst noch meinen Platz wechseln und
mich dir gegenübersetzen wartend auf Aiakos'
Enkel, bis seinen Gesang er beendet.[110] Du aber
vollende uns im Liede die alten Heldentaten der
erotischen Redeschlacht.

6. Lykinos. Es war damals, als ich mich
anschickte, nach Italien zu reisen; eine Eiljacht

lag im Hafen bereit, ein Zweiruderer[111], wie sie
zumal das Volk der Liburner[112] verwendet, das am
Ionischen Meerbusen wohnt. Als nun die Zeit der
Abfahrt da war, betete ich zu allen einheimischen
Göttern und zumal zum Zeus Xenios [113], meiner
Seefahrt ihren gnädigen Schutz nicht zu
versagen, und begab mich von der Stadt[114] auf
einem Maultiergespann zum Hafen. Nach dem
Abschied von meinen jungen Schülern, die es
sich natürlich nicht hatten nehmen lassen, mich in
hellen Haufen ans Meer zu begleiten und nun die
Trennung um so bitterer empfanden, als sie sonst
immer um mich herum waren, ging ich an Bord
und richtete mich auf dem Hinterdecke nicht weit
vom Steuermanne häuslich ein. Klatschend
senkten sich die Ruder ins Wasser, so daß wir
bald die hohe See erreichten; da sich in unserem
Rücken ein günstiger Wind erhob, so richteten
die Matrosen den Mast auf und hißten die Segel
an den Rahen; mächtig legte sich die Brise in die
sich üppig blähenden Segel, gewaltig rauschten
die Wellen um den vorderen Bug des Schiffes,
das die Wogen durchschnitt und uns pfeilschnell
vorwärts trug.

7. Was sich nun an Scherz oder Ernst während
der Zwischenfahrt an Bord zutrug, das ausführlich

zu erzählen gebricht es uns jetzt an Zeit. Als wir aber an dem Strande von Kilikien vorübergefahren waren und den Pamphylischen Meerbusen erreicht hatten, kamen wir nicht ohne Mühe an den Chelidonischen Inseln[115] vorbei, die in glücklicheren Zeiten die Grenzen des alten Griechenlandes darstellten[116]; wir landeten an jeder der lykischen Städte, doch erfreuten wir uns meist an mannigfaltigen Gesprächen, denn sonst sieht man in ihnen keinen Überrest des einstigen Wohlstandes. Als wir nun zur Heliosinsel[117] Rhodos gekommen waren, beschlossen wir, von der langen Seefahrt ein wenig auszuruhen[118].

8. Die Matrosen zogen also das Fahrzeug aus dem Wasser ans Land und verbiwakierten sich neben ihrem Schiffe, während ich es mir in einer Herberge gegenüber dem Dionysostempel bequem machte. Ein Spaziergang durch die Stadt bereitete mir unendliche Freude, denn sie ist in der Tat prächtig und durchaus ihres schönen Schutzgottes, des Helios, würdig. Ich besuchte auch die im heiligen Bezirk des Dionysos gelegene Galerie und betrachtete mit Muße jedes einzelne Gemälde; ich erfreute mich nicht nur an

der Schönheit der Bilder, sondern rief mir auch
jedesmal den zugrunde liegenden Vorwurf aus
der Sagengeschichte in mein Gedächtnis zurück,
wobei mich zwei oder drei Kustoden[119] belehrten,
die sich meiner bemächtigt hatten und mir für ein
geringes Trinkgeld alles erklärten, ohne daß ich
freilich bei den meisten der Bilder ihre
Erläuterungen nötig gehabt hätte.

9. Als ich die Gemälde genügend betrachtet hatte
und nach Hause zu gehen gedachte, da
widerfuhr mir das Angenehmste, was man sich in
einer fremden Stadt denken kann: das Glück
führte mir nämlich zwei Männer in den Weg, mit
denen ich schon seit langer Zeit befreundet war,
und die auch dir nicht unbekannt sein werden, da
du sie hier[120] oftmals in meinem Hause gesehen
hast, nämlich Charikles, ein bildschöner Jüngling

aus Korinth, außerordentlich gewählt und fein
gekleidet, natürlich um bei den Weibern recht
schönzutun; der andere war der Athener
Kallikratidas, ein Mann von einfacher Lebensart;
ist er doch von Beruf ein Meister und Lehrer der
praktischen Beredsamkeit und der forensischen
Redekunst. Auch sah man ihm die
gymnastischen Übungen wohl an, wenn ich auch
glaube, daß er die Turnhallen aus keinem andern

Grunde so sehr liebte, als weil er dort seiner
Neigung zu hübschen Jungen nachgehen
konnte[121]. Diesen galt seine ganze Liebe, während
er das weibliche Geschlecht haßte und deswegen
auf Prometheus nicht gut zu sprechen war[122].
Kaum hatten mich beide von ferne erblickt, als sie
mit allen Zeichen freudigster Überraschung
eilends auf mich zukamen. Nachdem wir uns in
der üblichen Weise begrüßt hatten, wollte jeder
der beiden mich als Gast bei sich sehen.
Während sie sich noch um mich stritten, sagte
ich: „Um euren Wettstreit zu beenden, ihr lieben
Freunde, schlage ich vor, daß ihr beide heute
meine Gäste seid; an den folgenden Tagen aber
— denn drei oder vier Tage gedenke ich hier zu
verweilen — sollt ihr dann abwechselnd mich
bewirten, und das Los soll die Reihenfolge
entscheiden."

10. Da sie mit diesem Vorschlage einverstanden
waren, hatte ich sie an diesem Tage zu Gast, am
nächsten Tage waren wir bei Kallikratidas und am
dritten bei Charikles. Schon dabei war der
Unterschied in der Denkungsart der beiden
deutlich zu erkennen. Das Haus des Atheners
nämlich wimmelte von schönen Pagen, und man

sah keine bärtigen Sklaven bei ihm, da er sie nur
bis zum Ansatz des ersten Lippenflaumes bei
sich behielt und sie, wenn ihnen auf den Wangen
der Bart sproßte, als Verwalter und zur
Bedienung seiner dortigen Güter nach Athen
schickte[123]. Charikles hingegen hatte sich mit
einer Menge von Tänzerinnen und
Flötenspielerinnen umgeben, und sein ganzes
Haus war wie bei dem Thesmophorienfest[124] voll
von Weibern; ein männliches Wesen war
überhaupt nicht zu sehen, höchstens ein kleines
Kind oder in der Küche ein lebensmüder Greis,
der aber durch sein Alter über jeden Verdacht
erhaben war. Das waren doch, wie ich schon
sagte, genügend deutliche Fingerzeige, um aus
ihnen das Wesen der beiden zu erkennen. Oft
fanden denn auch zwischen ihnen auf kurze Zeit
kleine Geplänkel statt, ohne daß es dabei zu
einer endgültigen Lösung kam. So kam
schließlich der Tag der Abreise heran, und da die
beiden sich gleichfalls entschlossen hatten, nach
Italien zu fahren, so gingen sie als meine
Reisegefährten mit an Bord.

11. Wir hatten beschlossen, in Knidos[125] zu
landen, um das Aphroditeheiligtum zu
besichtigen, das dank der Meisterschaft des

Praxiteles in der Tat als von der Aphrodite
begünstigt in allen Liedern gepriesen wird; und es
war, als wenn die Göttin selbst die Meereswogen
friedlich wie einen glänzenden Spiegel glättete
und das Schiff sanft geleitete, so daß unsere
Landung ganz leicht vonstatten ging. Die übrigen
nun gingen ihren gewohnten Beschäftigungen
nach, ich aber schlenderte in der Mitte der beiden
erotischen Kampfhähne, einen jeden
unterhenkelnd, gemächlich durch die Stadt
Knidos, wobei wir unseren Spaß an den höchst
lasziven

Darstellungen der überall zum Kaufe
angebotenen Tongefäße hatten, die mit beredter
Sprache daran erinnerten, daß wir uns in der
Stadt der Aphrodite befanden[126]. Nach einem
kurzen Besuche der Galerie des Sostratos[127] und
der sonstigen Sehenswürdigkeiten der Stadt
richteten wir unsere Schritte auf den
Aphroditetempel, wir beide, ich und Charikles, in
freudigster Erwartung, Kallikratidas aber ohne
besondere Lust, da ihm ja der Anblick einer
weiblichen Göttin bevorstand; er hätte es, glaube
ich, lieber gesehen, wenn ihn statt der Knidischen
Aphrodite der Eros von Thespiai[128] erwartet hätte.

12. Kaum waren wir in die Nähe des Heiligtums gekommen, als uns aphrodisische Lüfte von dorther entgegenwehten. Der Fußboden der Vorhalle war nämlich nicht etwa wie sonst mit toten, glatten Steinplatten ausgelegt, sondern — wie ganz begreiflich im Aphroditetempel — vollständig mit lebenden Bäumen und Sträuchern bepflanzt, die mit ihrer Blätter- und Blütenpracht sich zu einer üppigen, weithin duftenden Laube zusammenschlossen. Zumal die früchtereiche Myrte prangte dort im Heiligtume ihrer Herrin[129] in üppiger Fülle, nicht weniger alle anderen Bäume, die sich durch besondere Schönheit auszeichnen. Nirgends sah man durch die Länge der Zeit ausgetrocknete oder verwelkte Zweige, sondern alles prangte in strotzender Fülle mit frischen Trieben. Dabei fehlte es nicht an Bäumen, die zwar keine Früchte tragen, denen aber die Schönheit die Früchte ersetzt, himmelhochragende Zypressen und Platanen und unter ihnen der Baum, der während seines Menschendaseins von Aphrodite nichts wissen wollte, sondern vor ihr geflohen war, der Lorbeer[130]. An allen Bäumen rankte sich in enger Umschlingung liebender Efeu empor. Üppige Rebstöcke trugen schwer an der Last ihrer Trauben. Denn wonniger ist Aphrodite mit

Dionysos im Bunde, und beide zusammen spenden köstliche Lust; voneinander getrennt aber erfreuen sie minder. Wo die Bäume dichter standen und reichlicheren Schatten spendeten, waren freundliche Sitze errichtet, an denen man seine Mahlzeiten einnehmen konnte, wovon die Städter selbst freilich nur selten Gebrauch machten; die große Menge aber ließ es sich dort gut gehen und erfreute sich an allerlei Liebesgetändel.

13. Nachdem wir uns nun an dieser Pflanzenpracht sattsam erfreut hatten, betraten wir das Innere des Tempels. In der Mitte erhebt sich das Bild der Göttin[131] —ein prachtvolles Werk aus parischem[132] Marmor — von überragender Hoheit und doch mit leicht geöffneten Lippen milde lächelnd. Ihre ganze Schönheit aber steht hüllenlos ohne die geringste Kleidung ganz nackend da, nur daß sie mit der einen Hand[133] die Scham leise bedeckt. Und so Gewaltiges hat die Geschicklichkeit des Künstlers fertiggebracht, daß der spröde Marmor doch an allen Gliedern elastisch und wie lebend sich darstellt. Bei diesem Anblick nun rief Charikles begeistert und fast sinnbetört aus: „O der Glücklichste von allen

Göttern, der Ares, der um dieser Schönheit willen sich in Fesseln schlagen lassen durfte[134]!" Damit rannte er auf das Götterbild zu und bedeckte es, sich fast den Hals verrenkend, überall, soweit er reichen konnte, mit glühenden Küssen. Kallikratidas aber stand schweigend dabei, da ihm das Benehmen des Charikles ganz unverständlich war. Die Cella des Tempels hat aber auch auf der anderen Seite eine Tür, für die, welche auch die Rückseite des Götterbildes genau zu betrachten wünschen, damit nichts an ihm unbewundert bleibe. Man braucht also nur durch die andere Tür einzutreten, um mit größter Bequemlichkeit auch die Schönheiten der Rückseite zu besichtigen.

14. Wir beschlossen nun, den ganzen Anblick der Göttin zu genießen, und begaben uns daher zu dem hinteren Eingange des Tempels. Nachdem uns eine Aufwärterin, der die Schlüssel des Tempels anvertraut waren, die Türe aufgeschlossen hatte, da überkam uns wie ein Blitz ein ehrfürchtiges Staunen vor der Allgewalt solcher Schönheit. Als nun Kallikratidas, der noch vor kurzem ohne ein Zeichen innerer Anteilnahme vor sich hingeblickt hatte, an der Göttin den Körperteil erblickte, den Leute seiner

Art bei den Knaben so lieben[135], da rief er plötzlich noch viel begeisterter aus als vor dem Charikles: „Beim Herakles, welch ein Ebenmaß des Rückens, wie die Hüften zur Umarmung locken, wie würden sich die Hände füllen! Wie köstlich runden sich die Polster der Halbkugeln, weder zu dürftig sich um die Knochen legend, noch auch durch allzu reichliche Üppigkeit verletzend. Wie süß einen die Grübchen[136] auf beiden Hüften anlachen, das kann man schon gar nicht mit Worten beschreiben. In wundervollen Proportionen steigen die köstlich modellierten Beine bis zu den wohlgeformten Füßen herab. So denke ich mir den Ganymedes[137], wenn er im Himmel dem Zeus den Nektartrank versüßt; aus der Hand der Hebe[138] aber — Gott soll mich bewahren — möchte ich den Becher nicht kredenzt haben." So rief Kallikratidas in seiner Begeisterung aus; Charikles aber wäre von dem überwältigenden Anblick beinahe vor Staunen erstarrt, und nur der verlangende, feuchte Blick in seinen Augen bezeugte die ihn beherrschende Leidenschaft.

15. Als wir nun den Höhepunkt des Staunens überschritten hatten, gewahrten wir auf dem einen Schenkel einen Fleck wie einen Makel auf einem Kleide, der sich um so auffälliger darstellte, je mehr der ganze Marmor sonst in strahlendem Weiß leuchtete. Ich glaubte, mit der mir wahrscheinlichen Vermutung, daß es sich um eine schlechte Stelle im Marmor handle, die wahre Erklärung getroffen zu haben. Denn das liegt auch beim Marmor durchaus nicht außerhalb des Bereiches der Möglichkeit, und es kommt oft genug vor, daß ein Marmorblock an der Oberfläche vollendet schön ist, und daß doch bei der Arbeit eine schadhafte Stelle dem Künstler viel Schwierigkeiten bereitet. Da ich nun den garstigen Fleck für eine von Natur vorhandene schlechte Stelle im Marmor hielt, so bewunderte ich den Praxiteles nur um so mehr, weil er es so eingerichtet hatte, daß der häßliche Fleck an eine Stelle des Körpers kam, wo er nicht gar zu sehr ins Auge fallen mußte. Aber die Tempeldienerin, die gerade in der Nähe stand, widersprach dem und gab uns eine ganz neue, schier unglaubliche Erklärung. Sie erzählte uns nämlich, daß ein Jüngling aus bester Familie— sein Geschick hat dann freilich seinen Namen der Vergessenheit überantwortet — oftmals den Tempel besucht und sich zu seinem Unglück in die Göttin verliebt habe; ganze Tage habe er im Tempel

zugebracht, sodaß man anfangs ihn für
Übermaßen fromm gehalten habe. Beraubte er
sich doch selbst eines guten Teiles seines
morgendlichen Schlummers, um mit dem
frühesten im Tempel sein zu können, den er erst,
wenn das Heiligtum bei Sonnenuntergang
geschlossen wurde, und auch nur nach
wiederholter Aufforderung durch den Kastellan,
verließ; den ganzen geschlagenen Tag saß er vor
dem Götterbilde und ward nicht müde,
ununterbrochen den Blick seiner Augen darauf zu
richten. Leise flüsternde Seufzer entrangen sich
seinen Lippen und verstohlenen Gekoses
verliebte Klagen.

16. Wenn er aber ein wenig von seiner
Leidenschaft sich entwöhnen wollte, suchte er im
Symbol des Würfelspiels sein Glück: Nach einem
Stoßgebete an die Göttin legte er auf den Tisch
vier Würfel aus den Knöcheln der Libyschen
Gazelle; sooft er nun glücklich geworfen hatte,
zumal wenn ihm der Wurf gelungen war, den man
die Aphrodite nennt, und der darin besteht, daß
jeder Würfel eine andere Augenzahl zeigt, so
warf er sich der Göttin freudig zu Füßen, in der
Hoffnung, an das Ziel seiner Wünsche zu

kommen. Wenn er aber, wie das doch vorzukommen pflegt, unglücklich geworfen hatte und die Würfel ihm nichts Gutes verhießen, verwünschte er ganz Knidos und war niedergeschlagen, wie wenn ihm ein nicht gutzumachendes Unheil widerfahren wäre; bald jedoch raffte er die [mutlos weggeworfenen] Würfel wieder an sich und suchte durch einen neuen Wurf das Mißgeschick wieder auszugleichen. Zum Zeichen seiner immer zunehmenden Leidenschaft füllte sich jede Wand mit verliebten Inschriften[139], und wo nur die Bäume nicht gar zu hart waren, schnitt er in alle Rinden die Worte „Schöne Aphrodite". Den Praxiteles verehrte er wie den Zeus selbst, und was er an Schmucksachen und Kostbarkeiten zu Hause besaß, das alles legte er als Weihgeschenke der Göttin zu Füßen. Endlich kam er durch die heftigen Reizungen seiner Begierde ganz von Sinnen, und tollkühnes Wagnis tat seiner Leidenschaft Kupplerdienste. Eines Tages nämlich, als sich die Sonne schon zum Untergange neigte, schlüpfte er leise und unbemerkt wieder zur Tür hinein, versteckte sich im Innern und hielt sich mäuschenstill und wagte kaum zu atmen. Die Tempeldiener schlossen in gewohnter Weise die Türen von außen ab, und

so war der neue Anchises[140] nun [mit seiner
Göttin] eingeschlossen. Doch ist's noch nötig,
daß ich euch geschwätzig und bis ins Einzelne
berichte, was er in dieser unaussprechlichen
Nacht Tolldreistes wagtet. Am andern Tage fand
man die Spuren hier, die von der liebevollen
Umarmung zeugten, und die Göttin trug den
Flecken als Mal der ihr widerfahrenen Schmach.
Der Jüngling selbst aber verschwand aus den
Reihen der Menschen: wie man sich im Volke
erzählt, wurde er von den Felsen herabgestürzt
oder im Meere ertränkt[141].

17. So lautete der Bericht der Tempeldienerin,
den Charikles laut schreiend mit den Worten
unterbrach: „So wird die Schönheit des Weibes
geliebt, selbst wenn sie im Stein sich darstellt;
wie erst, wenn ein Sterblicher lebend solche
Schönheit gesehen hätte? Würde ihn nicht eine
einzige Nacht den Herrscherstab des Zeus
wertdünken?" Lächelnd erwiderte Kallikratidas:
„Noch wissen wir nicht, mein lieber Charikles, ob
wir nicht viele solche Geschichten hören werden,
wenn wir den Eros in Thespiai[142] besuchen. Aber
selbst hier, bei deiner von dir so bewunderten
Aphrodite, ist der Beweis deutlich genug." Auf die

Bitte des Charikles, sich etwas näher zu erklären, gab Kallikratidas folgende mir überzeugend scheinende Antwort: „Der verliebte Jüngling hatte doch die ganze Nacht Zeit und dadurch die Möglichkeit, seine Begierde völlig zu befriedigen; trotzdem tat er so, als wenn er einen Knaben vor sich hätte, woraus sich sonnenklar ergibt, daß er eben das Weibliche an der Göttin nicht sehen, geschweige denn genießen wollte[143]." Da die beiden nicht aufhörten, noch mancherlei gewagte Worte unvorsichtig zu äußern, beendete ich den lärmenden Wortschwall und sagte: „Meine lieben Freunde, haltet den geziemenden Gang gelehrten Gespräches ein, wie es das angenehme Gesetz guter Erziehung verlangt. Laßt also ab von dem ungeordneten und ziellosen Streiten; dafür lege jeder der Reihe nach seine Meinung hübsch dar. Da es sowieso noch zu früh wäre, schon wieder an Bord zu gehen, so können wir die uns noch verbleibende Zeit zu freundlichen Gesprächen benutzen und zu ernster Untersuchung, die uns nicht nur ergötzen, sondern auch fördern wird. Wir wollen also den Tempel verlassen, um so mehr, als jetzt die Gläubigen in großen Mengen herbeiströmen, und wollen in einer Erfrischungsstätte[144] einkehren, wo wir uns dann ungestört nach

Herzenslust unterhalten können. Das eine aber sei von vornherein ausgemacht, daß, wer am heutigen Tage im Redeturnier unterliegt, uns nicht ein zweites Mal mit demselben Gegenstand behelligen darf."

18. Da dieser Vorschlag Billigung fand, so verließen wir den Tempel, ich fröhlich, da mich ja keine Sorge drückte, jene aber in tiefem Nachdenken, da sie schwere Gedanken in ihrer Seele auf und nieder wälzten, wie wenn es sich darum handelte, wer den Festzug zu Plataiai[145] anführen solle. Als wir an eine geschützte und schattige Stelle kamen, wo sich die sommerliche Hitze gut ertragen ließ, sagte ich: „Köstlich ist dieses Plätzchen, hier am Berge, wo die Zikaden lieblich zirpen." Darauf ließ ich mich in der Mitte des Platzes nieder und nahm eine richterliche Miene an, indem ich dreinschaute wie das Schwurgericht in verkörperter Gestalt[146]. Dann ließ ich beide das Los ziehen, wer anfangen solle zu reden, und da dieses den Charikles traf, so gebot ich ihm, sogleich mit seiner Rede zu beginnen.

19. Charikles aber strich sich leise mit der rechten Hand über das Gesicht, machte dann noch eine kleine Pause, worauf er etwa so begann: „Dich, Herrin Aphrodite, ruft mein Gebet zu Hilfe bei der Rede, die ich dir zu Ehren halten will. Ist doch jedes Werk vollendet, wenn du ihm nur einen Tropfen deiner eigenen Überredungskraft beiträufelst, und ganz besonders gilt das von den erotischen Gesprächen, denn du bist ihre wahre, echte Mutter. So komme denn den Weibern als Beistand, die du selbst ein Weib bist, und schenke den Männern, daß sie Männer bleiben wollen, so wie sie geboren sind. Ich nun rufe gleich im Anfange meiner Rede die Stammutter, den Urquell aller Schöpfung zum Zeugen dessen, was ich für wahr erachte [und nachweisen werde], jene heilige Natur aller Dinge meine ich, welche die Urelemente des Weltalls, Erde, Luft, Feuer, Wasser vereinigte, miteinander vermischte und dadurch alles Atmende zum lebendigen Dasein erschuf. Da sie aber wußte, daß wir aus sterblichem Stoffe gemacht sind und daß einem jeden von uns nur eine kurze Lebenszeit zuerteilt ist, richtete sie es weislich so ein, daß das Ende des einen Lebewesens der Anfang eines anderen ist, und glich den Tod durch die Geburt aus, damit durch abwechselnde Nachfolge unser Leben beständige Dauer habe. Da es aber nicht möglich war, daß aus einem Lebewesen sich ein neues zeugte, ersann sie für jede Gattung doppelte Natur, indem sie den Männchen eigene Samenorgane gab, die Weibchen aber gewissermaßen zu Gefäßen der zeugenden Energie schuf. Dadurch, daß sie beiden Geschlechtern in gleicher Weise den verlangenden Trieb einflößte, ließ sie beide sich vereinigen, nicht ohne vorher ein heiliges Naturgesetz aufgestellt zu haben, daß jedes Geschlecht bei der ihm eigentümlichen Natur bliebe, daß weder das weibliche gegen die Natur sich vermännliche, noch auch das männliche sich unziemend verweibische. Daher hat die Vereinigung von Mann und Weib das menschliche Leben bis zum heutigen Tage durch ununterbrochene Neuschaffung erhalten. Kein Mann kann sich rühmen, von einem Manne geboren zu sein. Zwei Namen bleiben in gleicher Weise verehrungswürdig: denn Vater und Mutter ehrt der Mensch in kindlicher Frömmigkeit.

20. Anfangs nun, als die Menschen noch im Sinne der alten Heroen lebten und die Tugend als Nachbarin der Götter verehrten, gehorchten sie den von der Natur gegebenen Gesetzen: indem sie nach Maßgabe ihres Alters sich mit ihren

Weibern vereinigten, zeugten sie ein edles Geschlecht. Mit der Zeit aber stiegen sie von jener erhabenen Größe in die Abgründe der Wollust hinab und bahnten sich neue und ganz andere Wege des Genusses. Nun schreckte die Ausschweifung vor nichts zurück und frevelte selbst gegen die Natur, einer fing damit an[147], mit seinen Augen den Mann wie ein Weib zusehen und — eins von beiden — ihn tyrannisch [zu seinem Willen] zu zwingen oder listig zu überreden — so vereinigte das Lager ein und dasselbe Geschlecht. Da sie aber sich selbst im andern sahen, schämten sie sich weder dessen, was sie taten, noch was sie vom anderen duldeten, sie säeten, wie das Sprichwort sagt, auf steiniges Erdreich und tauschten für spärliche Lust[148] gewaltige Schande ein.

21. Einige von ihnen trieben das frevelnde Spiel bis zu solch tyrannischer Gewalttat, daß sie selbst mit dem Messer die heilige Natur schändeten; indem sie Knaben der Männlichkeit beraubten, fanden sie den Gipfel irregeleiteter Lust[149]. Aber jene bedauernswerten, unglücklichen Geschöpfe bleiben zwar länger Knaben, werden aber keine Männer, ein doppeldeutiges Rätsel zwitterhaften Geschlechtes, indem man sie weder

das werden läßt, wozu sie geboren sind, noch
auch ihnen möglich ist, ihren Zustand zu
verändern. Die in ihrer Kindheit künstlich
verlängerte Zeit der Jugendblüte läßt sie in
vorzeitigem Alter verwelken. Denn zu der Zeit, da
sie noch den Knaben zugezählt werden, sind sie
schon alt geworden, ohne eigentlich Männer
gewesen zu sein. So führt schändliche Wollust,
die jegliche Schande lehrt, schamlose Lüste
immer von neuem ersinnend, schließlich in den
Schlamm dieser mit einem ehrbaren Worte nicht
zu nennenden Leidenschaft[150], um nur ja jede Art
von Ausschweifung durchzukosten.

22. Wenn aber jeder innerhalb der Schranken
bliebe, die uns die Vorsehung zuerteilt hat,
würden wir uns an dem Verkehr mit den Weibern
genügen lassen, und unser Leben bliebe von
jeder Schande rein. Wird doch von den Tieren,
die nicht infolge einer lasterhaften Veranlagung
falschen Trieben nachgehen können, das Gesetz
der Natur rein und unverfälscht bewahrt. Die
Löwen begehren nicht Löwen [des eigenen
Geschlechtes], sondern, wenn ihnen die Zeit der
Liebe kommt, so richtet sich ihr Trieb auf das
Weibchen. Der herdeführende Stier springt auf

die Kühe, und der Bock dient der ganzen Herde
der Ziegen mit der Kraft seiner Männlichkeit.
Ferner, sind's nicht die Säue, deren Lager die
Eber aufsuchen, nicht die Wölfinnen, so die Wölfe
begatten? Um abzuschließen, weder die Vögel,
die das Reich der Lüfte durchschwirren, noch die
Fische, denen das feuchte Element des Wassers
zur Wohnung angewiesen wurde, noch was sonst
an Tieren auf Erden lebt, verlangt nach
Vereinigung mit dem Männchen, sondern fügt
sich den unverrückbaren Gesetzen der
Vorsehung[151]. Ihr aber, die ihr grundlos ob eures
Verstandes gepriesen werdet, ihr Menschen, die
ihr in Wirklichkeit schlimmer seid als die Tiere,
was für eine neue Krankheit hat euch befallen,
daß ihr euch gegen das natürliche Gesetz zum
wechselseitigen Frevel gegen euch selbst
verleiten ließet. Welch ein Nebel der Verblendung
umdüsterte eure Seele, daß ihr beide Ziele
verfehltet, indem ihr flieht, was ihr erstreben
müßtet, und dem nachjagt, wovor ihr fliehen
solltet[152]? Wollte jeder einzelne für sich solchem
Geschmacke huldigen, würde das
Menschengeschlecht aussterben.

23. Nun freilich lassen die Sokratiker[153] ihre
wunderliche Meinung hören, durch die das Ohr

der Knaben, denen ja die höchste Urteilsfähigkeit noch fehlt, so leicht betört wird (wer aber eine gewisse Verstandesreife erlangt hat, dürfte sich so leicht nicht täuschen lassen): diese Herren phantasieren von einer Art Seelenliebe und behaupten, daß sie die Schönheit des Körpers verschmähen, und nennen sich Liebhaber der schönen Seele. Hierüber muß ich wirklich lachen. Denn wie kommt es, meine hochzuverehrenden Philosophen, daß ihr alle die, die schon durch ein langes Leben eine Probe ihres Charakters abgelegt haben, denen das graue Haar und das gereifte Alter ihre Tugend verbürgt, geringschätzig unbeachtet laßt, und daß eure ganze weisheitsvolle Liebe sich immer nur die Jugend aussucht, bei der doch noch keineswegs entschieden ist, wie sich ihr Geist entwickeln wird? Oder besteht etwa stillschweigend ein Gesetz, nach dem alles Häßliche auch zur Minderwertigkeit verurteilt ist, andererseits alles, was schön ist, gleichzeitig auch als gut anerkannt werden muß[154]? In der Tat, hören wir den Homer, den großen Verkündiger der Wahrheit:

Mancher erscheint in unansehnlicher Bildung;
aber es krönet Gott die Worte mit Schönheit, und

**alle schaun mit Entzücken auf ihn, er redet sicher
und treffend mit anmutiger Scheu, ihn ehrt die
ganze Versammlung; und durchgeht er die Stadt,
wie ein Himmlischer wird er betrachtet**[155]

Und wiederum an einer anderen[156] Stelle sagt er:

**Wie wenig gleichen dein Herz und deine Gestalt
sich!**

Mehr als der schöne Nireus[157] wird natürlich der
weise Odysseus gelobt.

24. Wie kommt es nun, daß zu der Einsicht oder
der Gerechtigkeit oder den anderen Tugenden,
die reifen Männern gewissermaßen als Erbteil
eigentümlich sind, euch keinerlei Liebe ergreift,
während die Knabenschönheit die heftigsten
Triebe eurer Leidenschaft entflammt[158]. Ganz
gewiß mußte man — was meinst du, Plato? —
den Phaidros um des Lysias willen lieben, den er
verraten hat[159]! Es ist klar, daß man den
Alkibiades wegen seiner Tugend liebte, die ihn
die Götterbilder verstümmeln und die
Eleusinischen Mysterien beim Zechgelage
ausplaudern ließ[160]! Wer wird sich zum Liebhaber
[des Alkibiades] bekennen, während Athen
verraten wurde, Dekeleia befestigt ward, und das
Leben durch die Tyrannis bedroht wird[161]? Aber

solange er noch nicht, wieder heilige Plato[162] sagt, durch den Bart entstellt war, kam er allen liebenswert vor; als er sich aber vom Knaben zum Manne entwickelte und somit in das Alter kam, daß der bis dahin unvollständige Verstand seine völlige Reife erhielt, wurde er von allen gehaßt. Wie ist das zu erklären? Sehr einfach: indem sie ihren schimpflichen Trieben schöne Namen beilegen, sprechen sie von ‚Seelenvorzügen' statt von der körperlichen Schönheit, sie, die man eher Philopäden als Philosophen nennen müßte. Soviel mag über diesen Gegenstand genügen, damit es nicht scheine, als wolle ich das Andenken namhafter Männer durch Gehässigkeit verkleinern.

25. Von diesen allzu eifrigen Bemühungen [der Herren Philosophen um die Jugend] wende ich mich nun, Kallikratidas, zu eurer Erotik und werde beweisen, daß die weibliche Liebe bei weitem den Vorzug vor dem Umgange mit Knaben verdient. Erstlich bin ich nun der Meinung, daß jeder Genuß um so wonniger ist, je länger er anhält; eine flüchtig vorbeiflatternde Lust nämlich ist eher zu Ende, als sie uns so recht noch zum Bewußtsein gekommen ist, während alles, was uns erfreut, gerade dadurch schöner wird, daß es in die Länge gezogen werden kann. Drum wäre es zu wünschen, daß uns die geizige Parze auch eine langfristige Lebenszeit zuerteilt hätte, und daß das ganze Leben ein fortwährender Zustand der Gesundheit wäre, ohne daß irgendwelcher Schmerz an der Seele nagte; dann würden wir wie ein Fest und ewigen Feiertag das ganze Leben hinbringen. Da nun aber ein neidisches Geschick uns die höchsten Lebensgüter versagt hat, so sind von den uns verbleibenden sicherlich die am köstlichsten, die am längsten dauern. Das Weib nun ist von der Mädchenzeit bis zu den mittleren Jahren, bevor noch völlig die ersten Runzeln des Alters sich einstellen, ein gar liebliches Ding in den Armen des Mannes[163], und selbst wenn die Jugendblüte verschwunden ist, so bleibt ihm

die Erfahrung doch, die klüger weiß zu reden als das junge Blut[164].

26. Wer aber einen Jüngling von zwanzig Jahren versuchen will, der scheint mir selber an Geschmacksverirrung zu leiden[165], da er einem höchst zweifelhaften Genüsse nachjagt. Denn hart sind die männlich gewordenen massigen Glieder, rauh das einst weiche, vom ersten Barte

sprossende Kinn, und durch die Haare
erscheinen die Schenkel, so schön sie auch
geformt sein mögen, wie schmutzig. Anderes,
was sich nicht gleich den Blicken darstellt, mögt
ihr Sachverständigen besser als ich wissen[166].
Den Weibern aber strahlt immer dieselbe
Lieblichkeit der Hautfarbe, in dichten Ringeln
fallen die Locken des Haupthaares wie
Hyazinthenblüten dunkelnd teils auf den Nacken
zum Schmuck des Rückens, teils neben den
Ohren und auf den Schläfen dichter als der
Eppich auf der Wiese; der ganze Körper aber
durch keine Haare entstellt[167] leuchtet strahlender
als Bernstein oder sidonisches Edelglas[168].

27. Sollte man aber von allen Freuden nicht die
erstreben, die gegenseitig sind, bei denen die
Gebenden in gleicher Weise genießen wie die
Empfangenden? Denn nicht etwa wie die
unvernünftigen Tiere sind wir mit einem einsamen
Leben zufrieden, sondern gewissermaßen durch
ein geselliges Gemeinschaftsbedürfnis
verbunden, empfinden wir geteilte Freude
angenehmer und ertragen Schmerzliches leichter
in Gemeinschaft mit anderen. So erfand der

Mensch den gemeinsamen Tisch; indem wir uns an den friedenstiftenden Tisch der Freundschaft setzen, lassen wir dem Magen die ihm zukommende Freude zuteil werden; wir trinken zum Beispiel den thasischen[169] Wein nicht als einsame Zecher, noch erfreuen uns allein an den herrlichen Gerichten, sondern jedem dünkt die Geselligkeit als etwas Köstliches und indem wir die Freuden mit anderen teilen, genießen wir sie doppelt. So bietet nun die Umarmung des Weibes die gleiche Wechselseitigkeit des Genusses, und wenn sich beide [Liebende] in gleichem Maße beschenkt haben, gehen sie befriedigt voneinander; falls man nicht etwa dem Schiedssprüche des Teiresias[170] beipflichten möchte, daß der Genuß des Weibes in allen Teilen den des Mannes bei weitem übertrifft. Mir scheint es aber eine sittliche Forderung zu sein, nicht egoistisch genießen zu wollen, nur darauf bedacht, selbst Lust zu empfinden und vom andern nur zu empfangen, sondern vielmehr das Glück, das man erlangt, zu teilen und in gleicher Weise zu geben und zu nehmen[171]. Daß dies aber bei Knaben möglich wäre, wird niemand behaupten wollen, — nein, niemand kann so verrückt sein; vielmehr geht der Liebende zwar hinweg, nachdem er, wie er sich das nun denkt, ein unbeschreibliches Glück gekostet hat; der Verführte aber hat im Anfang nur Schmerzen und Tränen und wenn dann allmählich der Schmerz nachläßt, magst du ihm wohl, wie man sagt, etwas weniger Ungemach bereiten, aber Lustgefühl hat er nicht das allermindeste[172]. Falls ich aber noch etwas Indiskretes hinzufügen darf — und ich darf es wohl im heiligen Bezirk der Aphrodite — so bedenke, mein Kallikratidas, ein Weib kannst du auch nach Knabenart genießen und so doppelten Genusses Wege anbahnen, der Knabe aber kann dir nie und nimmer weibliche Freuden bieten[173].

28. Wenn also das Weib auch euch gefallen kann, wollen wir uns gegenseitig wie mit einer Mauer abschließen, wenn aber den Männern die männliche Liebe behagt, dann sollen in Zukunft auch die Weiber einander lieben! Recht so, du neue Zeit, die du seltsame Lüste sanktionierst und neue Bahnen der Wollust den Männern eröffnest, gib denn dieselbe Vergünstigung auch den Weibern und laß sie wie Männer miteinander verkehren. Die Erfindung schamloser Instrumente verwertend[174], den monströsen Zauberstab unfruchtbarer Liebe, soll das Weib beim Weibe schlafen wie ein Mann; jenes Wort, das bisher nur selten an das Ohr drang — ich schäme mich es zu nennen — tribadische Unzucht mag zügellos ihre Triumphe feiern. Alle unsere Frauengemächer sollen voll sein von den Schamlosigkeiten der androgynen Liebesszenen einer Philainis[175]. Ist's nichtviel besser, wenn das Weib zu männlicher Wollust sich zwingen läßt, als wenn das edelgeborene männliche Geschlecht sich zum Weibe verweichlicht?"

29. Nachdem Charikles diese Rede fast stoßweise und in Leidenschaft gehalten hatte, schwieg er mit schrecklichem und wildem Blicke in den Augen; fast schien es, als ob er ein entsühnendes Gebet murmele. Ich aber lächelte still, und beide Augen ruhig auf den Athener richtend, sprach ich: „Als Schiedsrichter über Scherz und Spaß, mein Kallikratidas, hatte ich geglaubt hier zu sitzen; nun aber hat mich Charikles durch seine Leidenschaftlichkeit zu ernsterem Tun genötigt. Denn beinahe wie im Areopag, wie wenn er über Mord und Brandstiftung oder sapperlot! über Giftmischerei zu Gericht säße, so übermäßig hat er sich ereifert. Wenn nun je, so ist es jetzt an der Zeit, daß du deinem Athen Ehre machst, und daß die Überzeugungskraft eines Perikles und die Zungengewandtheit der zehn attischen Redner, mit der sie sich gegen Makedonien waffneten, sich in deiner einen Rede vereinige und es dir nicht an der Beredsamkeit der Pnyxredner[176] fehlen möge."

30. Kallikratidas hielt eine kleine Weile an sich; man konnte auf seiner Stirne lesen, daß auch er von Kampfesgeist beseelt war. So aber begann er seine Gegenrede. „Wenn die Weiber in der Volksversammlung etwas zu sagen hätten und in den Gerichtsverhandlungen und in den Fragen der Politik, so würden sie dich, mein Charikles, zum Feldherrn oder Minister erwählen und würden eherne Bildsäulen von dir auf den Märkten aufstellen. Schwerlich dürften sie selbst, auch die unter ihnen nicht, die als hervorragend klug gelten, falls man ihnen die Redefreiheit gewähren wollte, für sich selbst mit solcher Beredsamkeit sprechen können, weder jene Telesilla[177], die gegen die Spartaner ein Heer in Waffen führte, und derentwegen Ares in der Stadt

Argos unter die Götter der Weiber gerechnet
wird, noch der süße Stolz der Lesbier, Sappho,
noch auch die Erbin der pythagoreischen
Weisheit, Theano[178]. Ja Perikles selbst würde
nicht so glänzend die Sache der Aspasia[179] haben
verteidigen können. Da es dir nun aber wohl
anstand, als Mann für die Weiber zu sprechen, so
will ich als Mann für die Männer reden. Du aber,
Aphrodite, stehe mir gnädig bei, denn auch wir
verehren deinen Eros.

31. Ich war nun der Meinung, unseren Streit im
Rahmen des Spieles scherzend zum Austrag zu
bringen; da aber Charikles in seiner Rede auch
philosophische Gedanken über die Weiber
geäußert hat, so habe ich begierig diese
Gelegenheit ergriffen. Ist doch einzig und allein
die männliche Liebe das gemeinsame Werk der
Tugend und der Lust. Nun wünschte ich wohl,
wenn anders es im Bereiche der Möglichkeit läge,
daß jene Platane, die einst den Sokratischen
Gesprächen lauschen durfte und glücklicher war
als die Akademie und das Lyzeum, hier in
unserer Nähe wüchse, an die sich Phaidros
anlehnte, wie der heilige Mann sagte, der in
seinen Gesprächen alle Grazien zu bannen
wußte[180]. Dann würde diese Platane selbst wie die

Eiche von Dodona[181]aus den Zweigen ihre heilige
Stimme erheben und die Liebe zu den Knaben
preisen, in Erinnerung an den schönen Phaidros.
Obwohl dies nun aber unmöglich ist, indem viel
Raumes uns sondert, waldbeschattete Berg' und
des Meers weitrauschende Wogen[182], obwohl wir
als Fremdlinge in fremdem Lande weilen und
schon Knidos selbst für Charikles einen Vorteil
bedeutet[183], so dürfen wir dennoch nicht in Unlust
ermatten und die Wahrheit verraten.

32. Nur stehe du uns zu rechter Zeit bei, du
himmlischer Gott, du Schutzgeist der Liebe, du
Verkündiger der Mysterien, Eros, nicht freilich als
ein leichtfertiger Knabe, wie dich die heitere
Laune der Künstler malt[184], sondern wie dich einst
der urzeugende Anfang der Dinge schuf,
vollkommen und vollendet gleich nach deiner
Geburt; denn du warst es, der aus der dunklen
und verworrenen Gestaltlosigkeit der Dinge das
All erschuf. Du hast nämlich das sozusagen
gemeinsame Grab des gesamten Weltalls, das
alles erfüllende Chaos, beseitigt und in die
äußersten Winkel des Tartaros getrieben, wo es
in der Tat

eiserne Pforte verschleußt und die eherne

Schwelle[185],

damit ihm dort in unentrinnbarem Kerker gefesselt auf ewig die Rückkehr [auf die Oberwelt] verschlossen sei. Glänzendes Licht über die dunkle Nacht ausbreitend, bist du der Schöpfer aller unbelebten und belebten Wesen geworden; indem du die Keime wundersamer Seelenharmonie hinzu tatest, hast du im Menschen das reine Feuer der Liebe entzündet, damit in der noch fehlerlosen und zarten Seele die Zuneigung geboren werde und sich zu der höchsten Blüte der männlichen Liebe entfalte.

33. Die Ehe nämlich wurde erfunden, um die notwendige Erneuerung zu ermöglichen, aber nur die männliche Liebe ist das schöne Gebot einer philosophischen Seele. Alles das aber, was man ohne den Zwang der Not um der Schönheit willen ausübt, ist weit ehrenvoller, als was man um des augenblicklichen Nutzens willen tut, und all überall steht das Schöne höher als das Praktische, Notwendige. Solange nun die Menschen noch unwissend waren und zu täglichen Versuchen, nach Höherem zu trachten, noch keine Zeit hatten, waren sie damit zufrieden, sich auf das unmittelbar Nötige zu beschränken, und der Bedarf des Augenblicks verbot ihnen die Erfindung verfeinerten Lebensgenusses. Seitdem aber jene drängenden Nöte ein Ende fanden und der erfindungsreiche Geist der Nachgeborenen, von der Sorge um den Augenblick befreit, Zeit fand, an die Vervollkommnung des Lebens zu denken, da gediehen allmählich auch Wissenschaften und Künste, wie wir aus der vollendeten Entwicklung der Künste schließen können. Kaum waren die ersten Menschen auf der Erde geboren, da suchten sie nach Mitteln, ihren täglichen Hunger zu stillen: unter dem Zwange des augenblicklichen Bedürfnisses nährten sie sich, da ihre Armut ihnen eine bessere Wahl verbot, vom ersten besten Kraute, gruben sich weiche Wurzeln aus und aßen meistens die Früchte der Eiche[186]. Bald aber warfen sie diese dem unvernünftigen Vieh vor; der Fleiß der Landleute erfand die Aussaat von Weizen und Gerste und sah sie alljährlich sich erneuern. Niemand wird wohl so verblendet sein, zu behaupten, daß Eicheln besser seien als Brotfrucht.

34. Doch weiter! Haben die Menschen nicht im

Anfange des Lebens aus Schutzbedürfnis sich mit Fellen bekleidet, die sie den Tieren abgezogen hatten? Haben sie nicht Bergeshöhlen ausfindig gemacht, in denen sie vor der Kälte Schutz suchten, und trockene Gruben, um Kräuter und Wurzeln aufzubewahren? Die Nachahmung dieser natürlichen Hilfsmittel immer mehr vervollkommnend, stellten sie sich wollene Kleider her und erbauten sich Häuser. Indem die darauf verwendete Kunstfertigkeit bei der Zeit in die Lehre ging, verfertigten sie allmählich statt einfacher Gewebe köstliche Prunkgewänder, statt schlichter Häuser ersannen sie hohe Paläste aus den mannigfachsten Steinarten und schmückten die häßliche Nacktheit der Wände mit farbenprächtigen Gemälden. Wenn jede dieser Künste und Fähigkeiten einst stumm und in tiefen Schlummer versenkt war, so begannen sie nun gleichsam nach langem Nachtdunkel allmählich sich zu eigenem Strahlenglanze zu erheben. Jeder nämlich, der etwas erfunden hatte, überlieferte es seinem Nachfolger, und indem man in ununterbrochener Folge zu dem, was man lernte, etwas Neues hinzufügte, füllte man allmählich die noch bestehenden Lücken aus.

35. Liebe freilich zu dem männlichen Geschlechte darf man von den alten Zeiten nicht verlangen[187]; mit den Weibern Umgang zu pflegen, war notwendig, weil sonst unsere Gattung gänzlich durch Unfruchtbarkeit ausgestorben wäre. Aber die mannigfaltigen Arten der Lebensweisheit und das Verlangen nach dieser schönheitsfrohen Tugend sollten mit vieler Mühe erst durch die alles erforschende Zeit zutage gefördert werden, damit gleichzeitig mit der göttlichen Philosophie auch die Blume der Knabenliebe sich entfalte. Du darfst also, Charikles, nicht das, was nicht früher erfunden wurde, nachdem es dann ausgedacht ist, nun wieder als minderwertig richten, noch auch deswegen, weil der Umgang mit Weibern ältere Zeitdauer für sich in Anspruch nehmen darf als die Knabenliebe, diese geringer einschätzen. Im Gegenteil wollen wir die alten Einrichtungen für notwendig erachten, was aber die Menschen, ihre Zeit nachdenklich verwendend, hinzuerfunden haben, als das Bessere ehren.

36. Vorhin hätte ich beinahe lachen müssen, als Charikles auf die unvernünftigen Tiere und das einsam öde Leben der Skythen[188] ein Loblied anstimmte. Es hätte nur noch gefehlt, daß er in

seinem Eifer es bedauerte, als Grieche geboren
zu sein. Denn anstatt seine Worte mit
schüchternem Flüstern fast unhörbar zu machen,
da er doch gerade das Gegenteil erzielte von
dem, was er nachweisen wollte, sagte er mit
erhobener Stimme aus vollem Halse schreiend[189]:
‚Nicht lieben die [männlichen] Löwen einander
noch die Bären noch die Eber, sondern sie
beherrscht allein der Trieb zum Weibchen.' Und
was ist daran wunderbar? Denn was einer auf
Grund vernünftiger Überlegung mit gutem Rechte
wählen würde, das können natürlich diejenigen,
denen das vernünftige Denken versagt ist, eben
wegen ihrer Unvernunft nicht verlangen. Wenn
nämlich Prometheus oder ein anderer Gott jedem
Lebewesen menschlichen Verstand verliehen
hätte, so würden sie nicht in der Wüste und in
Bergeswildnissen hinvegetieren und einander
auffressen, sondern ebenso wie wir würden sie
Tempel erbauen und für sich selbst eigene
Häuser mit einem Altar in der Mitte und würden
nach gemeinsamen Gesetzen in staatlicher
Ordnung leben. Was beweist es also, wenn die
Tiere, die von der Natur selbst dazu verurteilt
sind, nichts von den Segnungen des denkenden
Verstandes durch eine gütige Vorsehung
empfangen zu haben, wie auf so vieles andere so

auch auf den männlichen Eros verzichten
müssen? Gewiß, die Löwen kennen diese Liebe
nicht — aber sie wissen auch nichts von
Philosophie! Die Bären kennen diese Liebe nicht
— aber sie haben auch kein Verständnis für die
Schönheit der Freundschaft! Bei den Menschen
aber hat der Verstand im Verein mit der
Erkenntnis auf Grund vielfacher Versuche das
Beste ausgewählt und als die zuverlässigste
Liebe die männliche erachtet.

37. Du darfst demnach, mein Charikles, nicht
deine frivolen Geschichtchen aus dem
Hetärenleben mit nacktem Worte gegen die
keusche Reinheit meiner Sache triumphierend
ausspielen und den himmlischen Eros mit jenem
törichten Knaben verwechseln. Bedenke
vielmehr, indem du noch auf deine alten Tage
umlernst, dennoch bedenke also jetzt
wenigstens, da du es nicht früher tatest, daß sich
zwei Götter in Eros vereinigen, die nicht auf
denselben Wegen wandeln und nicht mit
demselben Odem unsere Seelen erregen.
Vielmehr ist der eine, wie ich glaube, ganz
kindlicher Art, dessen Sinn sich durch keinen
Zügel der Vernunft lenken läßt, und setzt sich

meistens in den Seelen der Unvernünftigen fest; seine Aufgabe ist es, zumal die weibliche Liebe zu erwecken. Er ist der Genosse jener nur einen Tag währenden Schmach, der mit wahllosem Triebe auf das jeweilig Begehrte hinführt. Der andere Eros aber, der Vater der Ogygischen Zeiten[190], verehrungswürdig anzuschauen und allenthalben ein heiliger Anblick, der Beschützer vernunftgepaarter Leidenschaften, haucht milde Triebe jedem einzelnen in die Seele. Wenn uns dieses Gottes Gnade zuteil wird, so erfreuen wir uns an Wonne und Tugend zugleich. Doppelt ist nämlich in Wahrheit, wie der Tragiker[191] sagt, der Geist, den der Eros atmet, und derselbe Name bezeichnet [ganz] verschiedenartige Affekte. Ist doch auch die Aidos[192] des Nutzens zugleich und des Schadens doppelsinnige Gottheit:

Aidos, welche den Mann teils schädigt aber auch fördert. Auch der Eris Geschlecht nicht eins nur gibt es auf Erden, Nein ein zweifaches lebt, das eine möchte man loben, Tadel das andre verdient; verschieden sind sie geartet.

Es ist also nicht wunderbar, wenn eine Leidenschaft mit einer Tugend einen gemeinsamen Namen hat, ich meine, wenn man sowohl die zügellose Lust als auch die weise

Zuneigung ‚Liebe' (Eros) nennt.

38. Die Ehe also, sagt er, verachtest du und das
Weibliche willst du aus dem Leben verbannen.
Wie sollen aber wir Menschen dann erhalten
bleiben? Es wäre allerdings mit dem weisen
Euripides[193] im höchsten Maße zu wünschen, daß
wir, ohne mit den Weibern verkehren zu müssen,
zu den Heiligtümern und Tempeln gehen und uns
für Gold und Silber Kinder kaufen könnten, um
unser Geschlecht nicht aussterben zu lassen;
denn die Notwendigkeit legt uns ein schweres
Joch auf den Nacken und zwingt uns, ihren
Geboten zu gehorchen. Das Schöne wollen wir
also mit unserer Vernunft auswählen, der
Notwendigkeit soll das Nützliche weichen. Bis zur
Erzeugung der Kinder mag man demnach mit
den Weibern als mit einem bestehenden Faktor
rechnen — dann aber weg damit, nicht mehr
sehen! Denn welcher vernünftige Mensch könnte
ein Weib ertragen, das sich vom frühen Morgen
an mit gekauften Toilettenkünsten aufputzt,
dessen Typus in Wahrheit häßlich ist, und das mit
erborgtem Schmucke über das Unschöne seiner
Erscheinung hinwegzutäuschen sucht?

39. Wenn einer die Weiber vom nächtlichen

Lager am Morgen aufstehen sähe, so wird er sie für häßlicher halten als die Affen, die man in früher Morgenstunde, um Unglück zu vermeiden, nicht einmal erwähnen möchte[194]. Daher halten sie sich auch ängstlich im Hause verborgen und lassen sich von keinem Manne erblicken. Dann treten die alten Kammerfrauen und die Scharen der ebenso unschönen Zofen im Kreise um sie herum und bearbeiten ihnen das häßliche Gesicht mit unzähligen Schminken. Denn weit entfernt, sich mit dem reinen Quell frischen Wassers die Verschlafenheit wegzuwaschen und dann sogleich an eine vernünftige Arbeit zu gehen, suchen sie mit einer Unzahl der verschiedensten Schminken die unschöne Farbe ihres Gesichtes zu verbessern, und, wie wenn es zu einem feierlichen Festzuge ginge, müssen die Zofen die mannigfaltigsten Schönheitsmittel anwenden, gar nicht zu reden von den unzähligen silbernen Wannen und Kannen, den Fläschchen und Spiegeln und Büchschen, wie sie in solcher Menge, keine Apotheke hat, den unzähligen Schachteln gefüllt mit Lug und Trug, in denen Mittel, um die Zähne zu polieren und die Augenbrauen und Wimpern künstlich zu schwärzen, aufgestapelt sind.

40. Die meiste Zeit aber vergeuden sie mit der Pflege der Haare. Die einen behandeln die Haare mit Mitteln, die die Kraft haben, unter den Strahlen der Mittagssonne das Haar rot zu färben, wie man Wolle färbt, und geben ihnen dadurch einen rötlichblonden Glanz, weil ihnen die natürliche Beschaffenheit ihrer Haare selbst häßlich vorkommt. Ist das aber nicht der Fall und finden sie ihr von Natur schwarzes Haar schön, so verschwenden sie das Vermögen ihrer Männer für Parfüms, so daß ihr Haar nach allen Wohlgerüchen Arabiens duftet; eiserne Zangen und Brennscheren in mäßigem Feuer erhitzt, bändigen gewaltsam das widerstrebende Gewirr der Locken, die mit minutiöser Sorgfalt fast bis zu den Augenbrauen herabgezogen, nur einen schmalen Streifen der Stirn freilassen, während hinten die Locken in koketten Ringeln bis auf den Nacken fallen.

41. Weiter die buntfarbigen Sandalen, deren Riemen in das Fleisch des Fußes einschneiden, die Kleider aus spinnewebfeinem Gewebe, die nur eine Vorspiegelung sind, um nicht völlig nackt zu erscheinen. Dabei kann man alles darunter bis ins kleinste sehen, fast besser als das Gesicht, mit Ausnahme der Brüste, die sie immer in einer Binde umhertragen[195], da sie sonst häßlich hervorquellen würden. Muß ich noch die kostspieligeren Untugenden aufzählen? Erythräische[196] Steine in den Ohrgehängen, die viele Talente[197] wiegen, und die Bänder um die Handwurzeln und Arme in Gestalt von Schlangen, von denen man nur wünschen möchte, daß es wirkliche und nicht goldene wären. Den Kopf umzirkt ein Diadem mit indischen Edelsteinen besternt, kostbare Kettengehänge fallen auf den Nacken herab, ja sogar die Füße bis zu den Zehenspitzen umschnüren sie mit dem elenden Goldschmuck, so daß kaum noch die Knöchel freibleiben. Sie verdienten eher, daß man ihnen statt mit Gold mit eisernen Ketten die Beine in der Höhe der Knöchel fesselte! Da sie an ihrem ganzen Körper die täuschenden Reize einer unechten Schönheit vorzaubern, so schämen sie sich auch nicht, die Wangen mit Salben und Schminken zu röten, um den bleichen Teint ihrer fettigen Haut mit purpurner Röte zu übertünchen.

42. Und wie verläuft ihnen nun nach so unendlichen Vorbereitungen das tägliche Leben. Sie bummeln auf der Straße herum und erregen

die Eifersucht ihrer bedauernswerten Männer,
indem sie sich von den jungen Herrchen
rücksichtslos angaffen lassen. Dann geht es in
die verschiedenen Kapellen, wo sie zu Gottheiten
beten, von denen ihre Männer, die während
dessen draußen warten müssen, oft nicht einmal
den Namen wissen, zur Kolias beispielsweise
oder zur Genetyllis oder auch zur Phrygischen
Göttin[198], und bei dem Festzuge zu Ehren des
unglücklich liebenden Hirten dürfen sie natürlich
auch nicht fehlen[199]; [dazu kommen] geheime
Riten und verdächtige Mysterien, an denen kein
Mann teilnehmen darf, bei denen dann — wozu
das beschönigen — ihre Seelen verdorben
werden. Wenn sie dann dieser Dinge
überdrüssig, ins Haus zurückkehren, nehmen sie
endlose Bäder, dann folgt das schlemmerhafte
Mahl. Trotz der geilen Lust tun sie mit ihren
Männern unendlich spröde. Wenn sie nämlich,
dank ihrer Gefräßigkeit, sich unmäßig vollgestopft
haben, so daß sie keinen Bissen mehr
hinunterbringen können, fahren sie dennoch, wie
wenn sie schreiben wollten, mit den Fingerspitzen
über jedes einzelne Gericht und naschen von
allem. So überfüllt, führen sie die Nacht hindurch
im Schlafe wirre Reden, indem sie in ihren

buntfarbigen Träumen das Bett mit dem Dunste ihrer Weiblichkeit erfüllen, so daß niemand es verläßt, ohne nicht sofort nach einem reinigenden Bade zu verlangen.

43. So verläuft nun ihr Leben Tag für Tag. Will man aber noch Häßlicheres des weiblichen Gebarens im einzelnen wahrheitsgetreu prüfen, so wird man in der Tat den Prometheus verfluchen und aus tiefster Seele mit Menander[200] ausrufen:

War's Unrecht, daß Prometheus, wie der Dichter sagt, am Felsgestein des Kaukasus geschmiedet hängt? Das Feuer dankt ihm zwar der Mensch, doch andres nicht! Auch schuf derselbe, was ihm nie ein Gott verzeiht, das Weib — was ließt, ihr guten Götter, es geschehn — Ein schrecklich Volk! — Bringt's elner fertig, sie zu frein! Wer wagt's! Das falsche, stets verlogene Geschlecht denkt auf dem Hochzeitslager schon an Ehebruch, an Gift, mit dem's den Gatten aus dem Wege räumt; denn voller Mißgunst lebt und Bosheit stets das Weib.

Wer möchte diesem Glücke nachjagen? Wer möchte sich nach solchem Jammerleben sehnen?

44. Gerecht ist's nun und billig, den weiblichen

Untugenden die männliche Lebensführung der
Knaben entgegenzuhalten. In früher
Morgenstunde erhebt sich der Knabe von seinem
keuschen Bette, wäscht den Rest der Müdigkeit
mit klarem Wasser aus den Augen und legt das
heilige[201] Gewand an, das er mit einer Spange auf
der Schulter zusammensteckt. Dann verläßt er
das Haus seines Vaters [und geht zur Schule]
den Blick bescheiden gesenkt und keinen der
Begegnenden neugierig musternd. Sklaven
folgen ihm und der Pädagog[202], eine ihm
ziemende Begleitung, die ehrenvollen Werkzeuge
seines Fleißes in den Händen tragend, nicht etwa
vielgezähnte Elfenbeinkämme, um das Haar zu
schmeidigen, noch Spiegel, der nachgeäfften
Dinge seelenlose Abbilder, sondern mehrfach
zusammengefaltete Schreibtäfelchen werden ihm
nachgetragen und Bücher, die die Heldentaten
der Männer alter Zeit bewahren, und wenn er zur
Musikstunde gehen muß, die wohlklingende
Leier.

45. Wenn dann der Knabe seinen Geist mit den
Lernstoffen des Wissens und der Tugend fleißig
geübt hat, und seine Seele mit allem Guten einer
systematischen Bildung gesättigt hat, dann

kräftigt er seinen Körper mit den Übungen, wie sie dem Freigeborenen ziemen. Wie fliegt er stolz dahin auf einem Pferde thessalischer Zucht[203]! Wenn er dann eine Weile seine Jugend auf mutigem Rosse ausgetobt hat, so denkt er schon jetzt im Frieden an die Werke des Krieges, indem er sich übt, Speere zu werfen und mit geschickter Hand Lanzen zu schleudern. Dann geht es auf den salbölglänzenden Ringplatz, und trotz der mittäglichen Sonnenhitze verdrießt es ihn nicht, den Körper zu stählen, wenn auch dichter Staub ihn bedeckt und die heiße Mühe der Wettkämpfe den Schweiß aus allen Poren brechen läßt; ein kurzes Bad schließt sich an und ein Mahl, das durch seine nüchterne Bescheidenheit die bald darauf wieder einsetzende Arbeit nicht beeinträchtigt. Denn schon naht wieder der Lehrer und behandelt gar manche prüfende Frage stellend in geschichtlichem Unterrichte die Taten der Vorzeit: Wer darf mit Recht ein tapferer Held genannt werden? Wem kommt das wahre Lob der Weisheit zu? Welche Männer erwählten die Gerechtigkeit und Besonnenheit zu Leitsternen ihres Lebens? Wenn so die zarte Seele des Knaben den Samen aller männlichen Tugenden aufgenommen hat, und dann der Abend die Arbeit beendet, befriedigt er maßvoll die Ansprüche des Magens, und der Schlaf erquickt ihn süßer, da er es sich versagte, schon am Tage von den Anstrengungen auszuruhen.

46. Wer sollte solch einen Jungen nicht liebgewinnen? Dem müßte Blindheit die Augen getrübt und Stumpfheit den klaren Verstand geschwächt haben! Sonst müßte ihn Liebe erfüllen zu solchem Knaben, der auf dem Turnplatz ein Hermes ist, ein Apollo beim Saitenspiel, ein Kastor auf dem Pferde, kurz in seinem sterblichen Körper alle Vorzüge der Götter vereinigt. Mir aber, ihr [hohen] Götter des Himmels, vergönnt mein ganzes Leben lang gegenüber dem Geliebten sitzen zu dürfen, stets ihm nahe die süße Stimme zu hören[204], ihn auf allen Wegen zu begleiten und an all seinem Wesen Anteil zu haben. Und dies ist der Wunsch, den der Liebende hegt, daß der Geliebte ohne Anstoß und mit sicherem Fuß die Lebensbahn von Kummer frei bis zum Alter wandle, ohne irgendwelches Leid eines neidischen, mißgünstigen Geschickes zu erfahren. Wenn aber, wie das nun einmal das Gesetz der menschlichen Natur ist, doch eine Krankheit den Geliebten befallen sollte, so will ich teilnehmend

an seinem Schmerzenslager sitzen; muß er eine
Seefahrt antreten, will ich in allen Stürmen des
Meeres ihm zur Seite aushalten; wenn
Tyrannengewalt ihn in Fesseln schlägt, soll mich
dieselbe Kette umschließen. Jeder Feind, der ihn
haßt, wird auch mein Feind sein, und ich werde
die lieben, die ihm wohlwollen. Wenn ich sehe,
daß Räuber oder Feinde gegen ihn anstürmen,
werde ich mit Waffen selbst gegen eine
Übermacht ihn schützen und wenn er stirbt,
werde auch ich das Leben nicht mehr ertragen.
Das aber wird meine letzte Bitte sein an die, die
ich nach jenem am meisten liebe, daß sie uns
beiden ein gemeinsames Grab aufschütten und
uns aneinander betten, so daß selbst der stumme
Staub unserer Gebeine im Tode vereint bleibe.

47. Nicht solche Liebe, wie ich sie zu denen
empfinde, die dieser Zuneigung würdig sind, hat
zuerst derartiges sanktioniert, sondern der
göttergleiche Sinn der Heroen hat dies zum
Gesetz erhoben, die Heroen, in denen die
Freundesliebe erst mit dem letzten Atemzuge
endete. Im Lande Phokis sind seit ihren frühesten

Knabenjahren Orestes und Pylades
unzertrennlich gewesen; indem Gott selbst die
gegenseitige Zuneigung ihnen ins Herz pflanzte,
haben sie sozusagen auf einem Schifflein die
Fahrt durchs Leben vollendet. Beide haben, als
wenn sie beide die Söhne des Agamemnon
wären, die Klytaimnestra getötet, beide den
Aigisthos erschlagen; als den Orestes die
Rachegöttinnen umhertrieben, litt Pylades mehr
darunter; als jener vor Gericht stand, nahm er die
Schuld auf sich. Ihrer erotischen Freundschaft
konnten die Grenzen Griechenlands kein Ziel
setzen, sondern sie nahmen sie auf ihrer Fahrt
nach den äußersten Enden des Skythenlandes
mit, der eine krank, der andere ihn pflegend. Als
sie nun das Taurische Land betraten, nahm sie
sogleich die muttermordrächende Erinye in
Empfang, und während die Barbaren im Kreise
herumstanden, lag Orestes von dem gewohnten
Wahnsinnsanfall gepackt am Boden, Pylades
aber

wusch ihm den Schaum vom Monde, stand dem
Kranken bei, verhüllte sorglich ihn mit
schätzendem Gewand[205]

und bewies so nicht nur die Zärtlichkeit des

Liebhabers, sondern auch die Sorge eines Vaters. Als dann die Verabredung getroffen wurde, daß der eine dableiben und getötet werden, der andere nach Mykenai mit einem Briefe [Iphigeniens] zurückkehren sollte, da wollte jeder für den andern dableiben, da beide glaubten, nur im Leben des andern leben zu können. So wies Orestes den Brief zurück, da Pylades würdiger sei, ihn zu empfangen, indem er aus dem Geliebten fast zum Liebenden wurde[206].

Daß man den Freund mir morden will, bricht mir das Herz: Am Leid, das ihn trifft, scheitert auch mein Lebensschiff[207]

Und kurz darauf sagt er:

Diesem gib den Brief, er mag nach Argos gehn, erfüllen dein Gebot — Mich aber töte dann, wer mag[208],

48. So aber liegen die Dinge: Wenn nämlich die echte Liebe von der Knabenzeit an genährt bis zu dem bereits denkfähigen Alter sich vervollkommnet hat [herangereift ist], gibt der, welcher bis dahin der Geliebte war, seinerseits die Liebe wieder, so daß es schwer zu unterscheiden ist, wer von beiden der Liebhaber, wer der Geliebte ist, indem wie bei einem Spiegel von der Zärtlichkeit des Liebenden ein ähnliches Bild auf den Geliebten strahlt. Was schmähst du also wie einen fremdartigen Makel meines Lebens das, was durch göttliche Gesetze begründet in ununterbrochener Folge [von Urbeginn] bis zum heutigen Tag sich lebenskräftig erwiesen hat? Mit Wonne haben wir es überkommen und hüten reinen Herzens das heilige Mysterium dieser Liebe. Denn glückselig in der Tat ist, wie der weise Dichter[209] sagt, der Mann, dem

Liebliche Knaben das Herz erfreun und mutige Rosse; köstlich das Leben ihm blüht und leichter wird ihm das Alter, wen ein Knabe mit Liebe beglückt...

So wurde denn auch die Liebestheorie des Sokrates und seine glänzende Maxime der Tugend durch den Delphischen Dreifuß[210] geehrt, denn es war ein Spruch der Wahrheit, wenn der Pythische Gott verkündete

von allen Menschen Sokrates der Weiseste,

der wie alle anderen geistigen Errungenschaften, durch die er das Leben veredelte, so auch als die allerwertvollste die Knabenliebe sich zu eigen gemacht hatte[211].

49. Man muß aber die Jungen lieben, wie Alkibiades von Sokrates geliebt wurde[212], der in demselben Bette mit ihm, doch wie ein Vater ruhig schlummerte. Ich aber möchte am Ende meiner Rede noch gern das Wort des Kallimachos[213] allen wie einen Heroldsspruch zurufen:

Die ihr die Knaben anseht mit lustbegehrlichen Augen, fraget bei Erchios an, wie einen Knaben man liebt: Liebt ihr die Jünglinge so, dann werden sie wackere Männer.

Danach also richtet euch, ihr Jünglinge; nahet euch in weiser Selbstbeherrschung edlen Knaben, mißbraucht aber nicht um kurzer Wollust willen die lange Zuneigung bis zum reifen Alter mit dem Vorwande der Liebe [eure Leidenschaft] beschönigend; nein, betet zu jenem himmlischen Eros und bewahret von der Knabenzeit bis zum späten Alter rein und beständig eure Liebe! Denn wer so liebt, dem fließt die Zeit des Lebens wonnig dahin, und von keinem Bewußtsein unedler Tat getrübt und hochgefeiert lebt nach seinem Tode noch sein Ruf bei allen Menschen. Und wenn es wahr ist, was die Philosophen sagen, wartet nach dem Erdenleben die Seligkeit des Äthers auf die, die solchem Ideale nachstrebten, und nach ihrem Eingang in ein besseres Leben krönt sie als Preis der Tugend die Unsterblichkeit."

50. Solches verkündete Kallikratidas mit jugendlichem Feuer und ernster Beredsamkeit. Charikles wollte zwar von neuem darauf sprechen, doch ich ließ es nicht zu, denn inzwischen war es Zeit geworden, zum Schiffe zugehen. Auf ihre Bitte jedoch, nun meine Meinung zu äußern, sagte ich, nachdem ich eine kleine Weile beide Reden im Geiste gegeneinander abgewogen hatte: „Nicht aus dem Stegreif, ihr Freunde, und oberflächlich ohne gründliche Überlegung habt ihr, wie mir scheint, gesprochen, sondern eure Worte sind der sichtbare Beweis langandauernder und tiefgründiger Erwägungen, denn kaum dürftet ihr etwas von dem, was [bei dem vorliegenden Problem] in Frage kommen kann, dem andern zusagen übriggelassen haben. Groß ist die Sachkenntnis, mit der ihr sprachet, größer die Beredsamkeit eurer Worte, so daß ich nur wünschen möchte, wenn anders das im Bereiche der Möglichkeit läge, ich wäre jener Theramenes Kothornos[214], um euch beiden den gleichen Siegerkranz reichen zu können. Indessen, da ihr nicht den Eindruck macht, als ob einer dem andern nachgeben wolle, ich selber aber nicht geneigt bin, während der Seefahrt mit demselben Gegenstande mich nochmals zu befassen, so will ich das, was mir im Augenblick am passendsten zu sein scheint, sagen.

51. Die Ehe ist für die Menschen eine lebenserhaltende Notwendigkeit und ein köstlich Ding, wenn sie glücklich ist; die Knabenliebe aber, soweit sie um die heiligen Rechte der Zuneigung wirbt, ist meiner Meinung nach eine Frucht der Lebensweisheit. Deshalb soll die Ehe für alle sein, die Knabenliebe aber bleibe allein das Vorrecht der Weisen, denn eine vollendete Tugend ist bei den Weibern schlechterdings undenkbar. Du aber, mein Charikles, sei nicht böse, wenn Athen und nicht Korinth die Palme gebührt[215]."

52. Nachdem ich so aus Bescheidenheit mit nur wenigen Worten mein Urteil abgegeben hatte, erhob ich mich, denn Charikles sah so überaus niedergeschlagen aus, fast als wäre das Todesurteil über ihn gesprochen. Der Athener hingegen sprang fröhlich strahlenden Antlitzes empor und schritt stolz fürbaß, man hätte meinen können, er habe [eben] die Perser bei Salamis in der Seeschlacht besiegt. Den Vorteil hatte ich noch von meinem Urteilsspruche, daß er, um seinen Sieg zu feiern, uns noch weit glänzender als sonst bewirtete; war er doch auch sonst in seiner Lebensführung vornehm und großzügig. Mit freundlichem Zuspruch suchte ich den Charikles zu trösten, indem ich ihm über die Beredsamkeit seiner Worte meine rückhaltlose Anerkennung aussprach und ihn versicherte, daß er die, schwächere Sache mit großer Geschicklichkeit geführt habe.

53. So etwa verlief unser Aufenthalt in Knidos und unser Gespräch im heiligen Bezirk der Aphrodite, das aus fröhlichem Ernst und gebildetem Scherz harmonisch gemischt war. Du aber, Theomnestos, der du die Erinnerung an diese damaligen Vorgänge in mir erweckt hast, wie würdest du geurteilt haben, wenn du damals Schiedsrichter gewesen wärest? Theomnestos. Hältst du mich, sapperlot! für Meletides oder Koroibos[216], daß ich deinem gerechten Urteil widersprechen soll? Dein Bericht eurer

Gespräche hat mir so großes Vergnügen bereitet,
daß ich mich beinahe nach Knidos versetzt
glaubte und dieses bescheidene Haus fast für
den Aphroditetempel hielt. Indessen —denn es
gibt nichts, was am heutigen Festtage
unschicklich zu sagen wäre, und jeder Scherz,
auch wenn er etwas gewagt ist, erhöht die
festliche Stimmung — muß ich mich doch
wundern, daß die Worte deines Knabenfreundes
denn doch zu sehr pathetisch waren und zuviel
Tugend predigten. Ich kann mir das keineswegs
so sehr erfreulich denken, wenn man den ganzen
Tag mit einem reifen Jungen zusammen ist,
Tantalusqualen auszustehen, und wenn einem
die Augen ob der Schönheit [des Jungen]
übergehen, vor Durst zu verschmachten,
während man sich doch satt trinken könnte. Denn
es genügt keineswegs, den Liebling zu sehen,
ihm gegenüber zu sitzen und seine Stimme zu
hören, sondern die Liebe ersinnt sich sozusagen
eine Stufenleiter, deren erster Grad das
Anschauen ist, das Glück, den Geliebten zu
sehen. Wenn er ihn dann immer wieder entzückt
betrachtet, so wünscht er als zweites, den
Geliebten an sich zu ziehen und zu berühren.
Wenn er ihn nur mit den äußersten Fingerspitzen
berührt, so durchrieseln die Schauer der Wonne

den ganzen Körper. Ist aber auch dieses Glück gern gewährt, so folgt als dritte Stufe der Kuß, freilich nicht gleich so stürmisch und leidenschaftlich, sondern ruhig nähern sich die Lippen und trennen sich noch vor völliger Berührung, ohne irgendeine verdächtige Spur zu hinterlassen. Dann erst sich dem nicht mehr Sträubenden anschmiegend, wird der Liebende in immer länger andauernden Umarmungen gleichsam hinschmelzen, während die Lippen sich leise öffnen und keine der beiden

Hände mehr müßig bleibt, denn die nicht mehr zufälligen Liebkosungen des bekleideten Körpers[217] schüren das Feuer der Lust. Verstohlen gleitet, vor Wollust bebend, die Hand unter das Gewand des Knaben und spielt leise an den in Wonne sanft anschwellenden Knospen der Brüste, streichelt mit den Fingern über die straffe Rundung des Bauches und berührt kosend die zartflaumige Blume der jungen Scham. Jedoch

wozu den Schleier lüften heüiger Mysterien[218]

Wenn der Liebende solche Glückseligkeit genießt, entzündet sich ihm noch glühendere Begehr, und auf den Schenkeln präludierend, führt er die Symphonie, um mit dem Komiker zu reden, bis zu dem krönenden Finale[219].

54. So möge mir das Glück der Knabenliebe blühn! Die Erhabenheitsschwätzer aber und alle die in der Anmaßung ihrer Scheinheiligkeit die Nase rümpfen, mögen mit den zierlichen Phrasen ihres Tugendgeredes die Einfältigen zum Narren halten. War doch ein Eros jünger wie kaum ein anderer selbst Sokrates, und Alkibiades wird, als er mit ihm unter einer Decke schlief, nicht ohne den Beweis seiner Liebe aufgestanden sein[220]. Laß dich's nicht wundern! Auch Patroklos, der Liebling des Achilleus, saß ihm nicht bloß gegenüber

lauschend auf seinen Freund, bis das Saitenspiel er beendet[221]

sondern die Triebkraft auch ihrer Freundschaft war die Lust. Denn als Achilleus nach dem Tode des Patroklosum ihn trauerte, da entrang sich ihm in der unbeherrschten Maßlosigkeit seines Schmerzes das Geständnis der Wahrheit:

nach deiner Schenkel trauter Gemeinschaft sehn' ich mich in Tränen[222].

In der Tat halte ich alle die, welche bei den Griechen, Schwärmer[1223] hießen, für offenbare Erasten. Vielleicht wird man dieses mein Geständnis für schimpflich halten, es ist aber nichts als die lautere Wahrheit, so wahr mir die kindische Aphrodite helfe! Lykinos. Ich möchte nicht, mein lieber Theomnestos, daß du gewissermaßen das Fundament zu einer dritten Rede legst und mit dem, was ich von dir vernahm, mag es heute am Festtage genug sein; weiteres wünschen meine Ohren jetzt nicht zu hören. Laß uns also keine Zeit mehr verlieren und auf den Markt gehen, denn schon ist es Zeit, daß man dem Gotte den Scheiterhaufen anzündet, und es ist ein interessantes Schauspiel, das die Anwesenden an die Leiden des Herakles auf dem Öta erinnert.

Icon Empire Press

Bücher von Autor Robert Joseph Greene:

Besuchen Sie unsere Website:

http://iconempirepress.webs.com/deutsch.htm

Schwule Liebesgeschichten aus aller Welt

ISBN: 9781927124208

ISBN(ebook): 9781927124215

Eine wundervolle Zusammenstellung von schwulen
Kurzgeschichten aus aller Welt. Der Hintergrund
dieser Geschichten basiert auf kulturellem,
geschichtlichem Kenntnis von schwulen Männern
sowie auf Kulturen, in denen Homosexualität ein Tabu
ist. Dieses Buch ist ein Muss für alle Menschen, die
Interesse daran haben, Schwule aus allen Kulturen und
das menschliche Herz besser zu verstehen.